紀貫之

Ki no Tsurayuki

田中登

コレクション日本歌人選005
Collected Works of Japanese Poets

JN295447

笠間書院

『紀貫之』

目次

凡例

一、本書には、平安時代の歌人紀貫之の歌を五十首載せた。

一、本書は、貫之歌の発想と表現の特色を明らかにすることに重点をおいている。

一、本書は、次の項目からなる。「作品本文」「出典」「口語訳」「鑑賞」「脚注」「略歴」「略年譜」「筆者解説」「読書案内」「付録エッセイ」。

一、テキスト本文と歌番号は、主として『新編国歌大観』の番号に拠りつつも、表現の一部を改めたところがある。

一、鑑賞は、一首につき見開き二ページを当てた。

紀　貫之

01

夏の夜のふすかとすれば郭公《ほととぎす》鳴くひと声にあくるしののめ

【出典】古今和歌集・夏歌・一五六

夏の夜、横になったかと思えば、ホトトギスがひと声鳴き、もう夜が明けはじめる、そんなしののめどきとなったことだよ。

寛平《かんぴょう》五年（八九三）頃に催された歌合《うたあわせ》での作である。貫之《つらゆき》の生年は未詳であるが、仮に貞観《じょうがん》十三年（八七一）とすれば、この年二十三歳。現存する貫之の作品としては、もっとも初期の部類に属しよう。

*『百人一首』にのる*清原深養父《ふかやぶ》の歌でも知られるように、夏の夜は昔から短いもの、明けやすいものとして詠《うた》われてきた。この貫之歌も、けっしてその例外ではない。初句の「夏の夜の」は、「郭公」にではなく、第五句「あ

＊百人一首―藤原定家の撰になる秀歌撰。文暦二年（一二三五）の成立。

＊清原深養父―平安前期古今集撰者時代の歌人。生没年未詳。清少納言の曽祖父にあたる。歌は「夏の夜はまだ宵ながら明けぬるを雲のいづこに

くるしののめ」にかかる。また、「しののめ」は、東の空が白みかけた頃をいい、ほぼ「あけぼの」というのに等しいが、もっぱら歌の中で使われるのが特徴。

この歌、『*古今《こきん》和歌集』では、夏歌の部のホトトギスを詠《よ》んだ歌ばかりがずらりと並ぶ一連の歌群に位置するが、歌のテーマとしては、ホトトギスそのものよりは、夏の短夜《みじかよ》の方に比重があるといえよう。だが、『古今集』の*出典となった歌合《うたあわせ》ではどうかといえば、*紀友則《とものり》の恋の歌と合わされているのである。だとすれば、この歌、愛する女性のもとで一夜を過ごした男が、またたく間に明けてしまった夏の短夜を嘆いている歌、と解釈することも可能であろう。

このように、古典和歌にあっては、作者（この場合は貫之）の意図とは別に、編者（たとえば『古今集』の）がその歌を、いったいどのように解釈していたのかという問題が、常について回るものであることを、心得ておく必要があろう。

月やどるらむ」（古今・一六六）

＊古今和歌集―延喜五年（九〇五）、醍醐天皇の勅命によって編集された、最初の勅撰和歌集。

＊出典となった歌合―寛平五年（八九三）頃に行われた寛平御時后宮歌合。

＊紀友則―平安前期の歌人。古今和歌集の撰者の一人。生没年未詳。歌は「宵の間もはかなく見ゆる夏虫にまどひまされる恋もするかな」（古今・五六一）

02

桜花散りぬる風のなごりには水なき空に波ぞ立ちける

【出典】古今和歌集・春歌下・八九

桜の花を風が吹き散らした、そのなごりとして、水もない空に何と波が立っているではないか。

これまた歌合*の歌であるが、前の歌よりは今少し後の延喜十三年（九一三）の作。貫之が歌人として脂《あぶら》の乗り切っていた頃の歌である。一読して知られるように、落花の美を詠《よ》んだものだが、この歌のポイントは、第三句の「なごり」という語にある。「なごり」とは、何かが過ぎ去った後になお残っているもの、のことをいう。

上句は、一陣の風が吹きつけてきて、桜の花がパッと散った、その後に残

【語釈】○水なき空—水がないはずの空

*歌合—延喜十三年（九一三）、宇多上皇の主催になる亭子院歌合。

されたものは、といったほどの意。ここまで読んできた読者は、いったいその後に何が残っているのか、とはなはだ興味をそそられるわけだが、それに対して貫之は下句でいう。水もない空に波が立っていることだよ、と。この場合の「波」とは、いうまでもなく落花を指すが、それにしても鮮やかな手さばきといえよう。まるで一流の手品師の手品を見ているような感覚に襲われる。大空を背景に舞い散る桜吹雪《ふぶき》、それを「水なき空に波」が立つ、といってのけたこの発想法こそ、この歌の全生命と評しても過言ではなかろう。

ある事物（ここでは落花）を、別の事物（ここでは波）に見立てて表現することを、「見立ての技法」*というが、これは古今集時代の歌人が、中国の詩から学んだもの。

そもそも詩人とは、目に見えないものを、言葉の力で紡《つむ》いで見せる人のことをいうが、その意味では、貫之などまさに詩人と評するにふさわしい存在といってよかろう。

＊見立ての技法―古今集時代にさかんに行われた技法。白髪を白雪に、落花を雪に、紅葉を錦に見立てたりする。

03

桜散る木《こ》の下風はさむからで空に知られぬ雪ぞ降りける

【出典】拾遺和歌集・春・六四

桜の花が散る木の下を吹く風はさむくも何ともなくて、空にも知られぬ雪が降っていることだよ。

これまた前歌と同様に、延喜十三年の歌合《うたあわせ》で詠《よ》まれた作。前歌は落花の模様を「波」と表現したが、これは「雪」に見立てたもの。ただし、この雪、遥かかなたの遠い空から降ってくる雪ではなく、たかだか眼前の木の枝から落ちてくるものなので、それを「空に知られぬ」と形容した、ここがこの歌のポイントとなっている。また、二、三句目にわざわざ「木の下風はさむからで」と断ったのは、その「雪」との関係にほかならない。ちなみに

「木の下風」という語は、貫之お気にいりの表現だったらしく、ほかにも「*夏衣《なつごろも》うすきかひなし秋までは木の下風も止まず吹かなむ」という作を残している。

この「桜散る」の歌については、*藤原俊成《としなり》が『*古来風体抄《こらいふうていしょう》』の中で、承《そう》均《く》法師の「桜散る花のところは春ながら雪ぞ降りつつ消えがてにする」の影響を指摘している。しかし、同じテーマ、同じ見立ての表現によりながらも、けっしてあさはかな物まねに堕《だ》してはいない何かが、貫之の歌にはある。それもひとえに「空に知られぬ雪」という、一見して奇抜な発想に、その原因を求めることができよう。

貫之の代表歌といえば、ただちに『百人一首』の「*人はいさ心も知らずふるさとは花ぞ昔の香ににほひける」の詠《えい》が想起されるが、しかし、定家以前、少なくとも平安時代には、*藤原公任《きんとう》が『和漢朗詠集』や『三十六人撰』に選んだこともあって、この「桜散る」の方が、圧倒的に高く評価されていたのである。

*夏衣うすきかひなし—貫之集・屏風歌二。

*藤原俊成—平安後期の歌人。千載集の撰者。元久元年（一二〇四）没。九十一歳。

*古来風体抄—建久八年（一一九七）に成立した歌論書で、式子内親王にたてまつったという。

*人はいさ心も知らず—05の項であつかう。

*藤原公任—平安中期の歌人・批評家。長久二年（一〇四一）没。七十六歳。

04

袖ひちてむすびし水の凍《こほ》れるを春立つ今日の風や解くらむ

【出典】古今和歌集・春歌上・二

去年の夏、旅の途中で袖がぬれながらも手のひらにすくいあげた水、その水が冬の間は凍っていたのを、立春の今日、暖かい風が解かしていることだろうか。

以下、『古今集』の四季の歌から。まずは立春*の詠《えい》。初句の「袖ひちて」の「ひつ」は、ぬれることをいう。二句目の「むすびし水」の「むすぶ」は、手のひらで水をすくいあげる意。上句は、暑い夏の盛りから、寒さ厳しい冬の情景へと、過ぎ去った過去の回想シーンとみればよかろう。

さて、今はどうか。長い間人びとが待ちかねていた春が、ようやくにして訪れてきたのである。その春の訪れというものを、暖かい春風が冬の現象で

【語釈】○ひちて―「ひつ」は濡れるという意の「漬《ひ》つ」という動詞。古くは清音でよんだ。

*立春―二十四節気の一つで一年の始まりを示す。

ある氷を解かす、という一点にすべてを象徴させて詠《よ》んだ、これは歌である。ただし、この歌、眼前の景を詠んだ（これを実景の歌という）のではけっしてなく、あくまでも立春の気分というものを詠んだにすぎないことは、注意を要しよう。今日は暦の上での立春、ならば、去年旅先で味わったあの水、あの水が凍っていたのを、今頃はさぞかし…と遠方へ想いをはせての詠なのである。

中国から伝わった五行思想*では、東というのは、また春の方角でもある。したがって、この歌でいう風とは、春になると東から吹いてくる暖かい風、の意になる。「東風」と書いてこれを「こち」と読ませ、「春風」と同じ意味で使うのも、これによって理解されよう。

和歌文学は昔から三十一文字《みそひともじ》という厳しい制限の中で表現されるものであるが、そのきわめて限られた字数の中に、夏から冬、そして冬から春へと、三つもの季節を巧みに詠み込んだところに、この歌のよさがあるといえよう。

＊五行思想―万物を木・火・土・金・水の五つの要素によって解釈する、中国に古くからある世界観。

05

人はいさ心も知らずふるさとは花ぞ昔の香ににほひける

【出典】古今和歌集・春歌上・四二

人の心はさあどうだか分かりませんね。でも、ここ長谷の地の梅の花だけは昔の香のままに咲きにおっていることですよ。

『百人一首』で知られた有名な歌である。この歌が詠《よ》まれた経緯は以下のとおり。昔、貫之が長谷寺《はせでら》参りにゆくたびに泊めてもらっていた家があった。その家にしばらくご無沙汰した後に、ひさしぶりに訪ねてみたら、宿*の主《あるじ》が「このように泊まるところは用意してあったのに、ずいぶん長いことおいでがありませんこと…」と恨みがましくいってきたので、その邸の庭に咲く梅の花を一枝折って、それにつけて主に贈ったという。

【詞書】初瀬に詣づるごとに、宿りける人の家に、ひさしく宿らで、程へて後に至れりければ、かの家の主、「かくさだかになむ宿りはある」といひ出だして侍りければ、そこに立てりける梅の花を折りてよめる。

初句の「いさ」は、多く「知らず」と呼応して、「さあ、どうだか分かりませんね」の意。宿の主が昔と同じ心で待ってくれていたかどうか、知れたものじゃあない、というのである。第三句の「ふるさと」は、馴染《なじ》みの土地の意。貫之にとっては、この長谷《はせ》の地はたびたび訪れた所ゆえに、「ふるさと」なのである。第四句の「花」は、詞書《ことばがき》によれば、桜にあらずして梅の花。「香ににほひける」と香りを誉めているのによっても、それと知られよう。

この歌、変わりやすい人の心に比べ、変わらぬ自然の美しさを愛《め》でた作、と一応は解釈できるけれど、見方を変えれば、ずいぶん皮肉のきいた歌でもある。江戸時代の川柳子《せんりゅうし》が「梅の花愛《め》でて主をあてこすり」といったのも、おそらくこの間の機微を察してのことであろう。だが、宿の主の方も貫之にこうまでいわれてただただ黙って聞いていたわけではない。『貫之集』雑部によれば、「花*だにも同じ昔に咲くものを植ゑたる人の心知らなむ」とこれまた歌で応酬したという。

＊宿の主―古来男性か女性かという議論があるが、決め手といったものはなく、読者の想像力にゆだねる他ないようである。

＊花だにも―貫之集・雑部に、この返歌が見える。歌意は、花でさえ昔と同じ香りで咲いているのに、ましてそれを植えた人の心は、それをもっておしはかってほしい、というもの。

06

桜花とく散りぬともおもほへず人の心ぞ風も吹きあへず

【出典】古今和歌集・春歌下・八三

桜の花がはやく散ってしまうとも思えませんね。なぜって、人の心ときたら風も吹かないのにうつろってしまうのですから。それに比べたら…。

桜は古来から日本人が心から愛してきた花である。だが、悲しいかな、この桜、満開の時期はいたって短く、咲いたと思ったら、またたくまに散ってしまう。それゆえ、「うつせみの世*にも似たるか桜花咲くと見しまにかつ散りにけり」などと詠《うた》われたりもした。

だが、そうした一般論に貫之は与《くみ》しない。なぜなら、長い人生経験の中で、桜より散りやすいものがあることを学んでいるからだ。それはいうまで

【語釈】○とく—「疾《と》く」で、早くという意味。
*うつせみの—古今和歌集・春歌下にのる「よみ人しらず」の作。「うつせみの世」とは、この人間の世という意味だが、はかない世というニュアンスをともなっている。

もなく、人の心。桜は風が吹いたら散るが、人の心という花は、風が吹かなくても散ってしまうではないか、と。

第二句の「とく」は、ものごとがすばやく進行するさまをいう形容詞で、末句の「吹きあへず」の「あへず」は、何かに対して抵抗しきれないことをいう語句。前歌の「人はいさ」にも似て、ここでも人の心のたのみがたさが詠われるが、前歌のようなシニカルな態度はここにはない。

ところで、大の王朝文学ファンであった*吉田兼好《けんこう》は『徒然草』の中で「風*も吹きあへずうつろふ、人の心の花になれにし年月を思へば、あはれと聞きし言の葉ごとに忘れぬものから、我が世のほかになりゆくならひこそ、なき人の別れよりもまさりて悲しきものなれ」と記している。要するに、人が心変わりするのを見るのは、死別よりも悲しいものだというのだが、冒頭の「風も吹きあへずうつろふ」というのは、いうまでもなくこの貫之歌の結句を踏まえての表現である。

*吉田兼好―鎌倉・南北朝時代の歌人・随筆家。徒然草の著者。観応三年（一三五二）頃没。七十歳ぐらい。

*風も吹きあへず…―徒然草第二六段。

07

秋の菊にほふかぎりはかざしてむ花より先と知らぬわが身を

【出典】古今和歌集・秋歌下・二七六

秋の菊が美しく咲きにおっているかぎりは、髪にさしてかざそう。なぜなら、この花より先に寿命が尽きてしまうかも知れぬわが身だから。

秋を色どる花の中で、そのあでやかさにおいて、菊にしくものはない。その美しさもさることながら、人に長寿をもたらしてくれるという伝説*も手伝って、菊は王朝人にいたく愛されたのである。しかし、貫之はその菊を手放しでは、けっして誉めたりしない。菊の長寿についての効用を信じないわけではないが、その花をめでるこのわが身は、諸行無常、いつ果てるとも知らない命だから、と。

*伝説―もと中国起源の伝説だが、「ぬれてほす山路の菊のつゆのまにいつか千歳を我はへにけむ」（古今集・素性）など、歌にも多く詠われた。

第二句の「にほふ」は、『万葉』の昔からよく歌に使われた言葉で、本来は、色うつくしく照りかがやく、の意。*大伴家持《おおとものやかもち》の「*春の苑《その》紅《くれなゐ》にほふ桃の花下照る道に出で立つ乙女《をとめ》」などは、その代表的な例。貫之歌の場合も、秋の菊があでやかに咲いている様《さま》をいったものであろう。第三句の「かざしてむ」の「かざす」とは、髪にさすというのが、もともとの意で、後に手に持ってかかげる意ともなった。

ところで、貫之は自ら編んだ『古今集』の仮名序の冒頭部分で「*やまとうたは、人の心を種として、よろづの言の葉とぞなれりける。世の中にある人、ことわざしげきものなれば、心に思ふことを、見るもの聞くものにつけて、いひいだせるなり」といっているが、今、これをこの貫之歌にあてはめてみれば、人の世は無常だという考えが、まず貫之の心中にあり、それを見るもの（ここでは菊の花）に託して表現しているということになろう。すなわち、花を詠《よ》んでも、鳥を詠《うた》っても、すべて人の心が出発点だというのである。

*大伴家持―奈良時代の歌人。万葉集の撰者かという。延暦四年（七八五）没。六十八歳。

*春の苑―万葉集・巻十九。

*やまとうたは―この「やまとうたは人の心を種として…」は、和歌の本質をはじめて論じた歌論として、後世の歌書に多く引用されて有名。

08

見る人もなくて散りぬる奥山の紅葉《もみぢ》は夜の錦《にしき》なりけり

【出典】古今和歌集・秋歌下・二九七

見る人もだれもなく散ってしまう奥山の紅葉なんて、あの「夜の錦」みたいなもの、ほんとうに何のかいもないことだよ。

京都の北山《きたやま》、今でいえば、金閣寺《きんかくじ》あたりに紅葉狩りに出かけた折の感慨を詠《よ》んだ作である。第三句目の「奥山」は、「深山《みやま》」というのに同じで、ここまでは、どんなに風流な人でも、めったに足を運ばないような場所を意味する。

この歌のポイントは、何といっても下句に見える「夜の錦」という表現であろう。これは平安時代の貴族に好んで使われたもので、もとを正せば、中国の古典『史記』*の項羽《こうう》伝に見える「富貴ニシテ故郷ニ帰ラザルハ、錦ヲ着テ夜行クガゴトシ」に基づくもの。要するに、宝の持ち腐れだ、というのに等しいが、その心は、この美しい紅葉を折って、知人に見せてやろう、というところにある。

この時代、紅葉といわず、桜といわず、美しいものを手折《た》るのは、けっして責められることではなく、むしろ風流な行為として称讃されていたことは、注意を要しよう。自然が織りなす美しい月や花、そして雪を見るにつけても、そのすばらしさを一人で見るのはもったいない、気心知れた友とぜひとも分かち合いたいと願う気持ち、これこそ王朝人が理想とした風流心というものだったのである。

古今集時代の歌人たちは、先行の『万葉集』などはもちろんのこと、このように、中国の古典*からも実に多くのものを学んで、それを積極的に自らの作品の滋養分としていたことは、この際、見逃してはならないことだといえよう。

*史記―司馬遷《しばせん》の作になる歴史書。二十四史の一つ。

*中国の古典―中国の文学作品が日本のそれに与えた影響を研究する分野を和漢比較文学という。

09

夕月夜《ゆふづくよ》小倉《をぐら》の山に鳴く鹿の声のうちにや秋はくるらむ

【出典】古今和歌集・秋歌下・三一二

ほの暗い小倉の山に鳴く鹿の声、その声とともに秋は暮れてゆくのだろうか。

【詞書】九月《ながつき》のつごもりの日、大堰にてよめる。

九月の末日に大堰《おおい》川で詠《よ》んだ歌。大堰川は京都の嵯峨野を流れる川で、平安時代の貴族に愛された土地。また、旧暦では、秋は七・八・九の三ヵ月を指すから、これは大堰で過ぎ行く秋を惜しんで詠んだ作ということになろう。

初句の「夕月夜」とは、夕方に出る月のことをいうが、そうした月はほの暗い（これを古語では「を暗し」といった）ことから、同音を含む地名「小倉山」の枕詞としても使用される。ここはそうした枕詞的用法。第二句の「小倉の山」は、大堰川をはさんで嵐山と向かい合っている山のことで、何よりも紅葉*の名所として知られているが、鹿もまたその景物として、しばしば歌に詠みこまれている。

　結句の「秋はくるらむ」は、特に注意を要するところで、「秋は来るらむ」ではなく、「秋は暮《く》るらむ」、すなわち、秋は過ぎ去ってゆくのだろうか、の意である。「暮る」とは、何によらず、ものごとが終わりに近づくことをいう語で、「日の暮れ」「月の暮れ」「春の暮れ」「年の暮れ」などと様々に使う。また時に「人生の暮れ方」などという言い方もした。

　都の外に静かにたたずむ小倉山、その山にも、いつしか暮色が訪れ、今まさに秋の最後の一日が終わろうとしている。そこへしずかな鹿の鳴き声が…。その瞬間に、作者貫之は去り行く秋を心から感じ、一首の歌ができたのであろう。

＊紅葉の名所―たとえば「小倉山峰の紅葉ば心あらば今ひとたびのみゆき待たなむ」（拾遺集・藤原忠平）など。

10

行く年のをしくもあるかなますかがみ見る影さへにくれぬと思へば

【出典】古今和歌集・冬歌・三四一

今年も今日で最後。過ぎゆく年が惜しまれることだよ。鏡に映る私の姿まで年老いたことだと、思うと。

【詞書】「歌たてまつれ」と仰せられし時に、詠みて奉れる。

【語釈】○ますかがみ―ふうには「増鏡」と書かれる。澄んだ鏡。

一年の終わりに詠《よ》んだ歌である。前歌の鑑賞で、「暮《く》る」とは、ものごとが終わりに近づく意だといったが、ここは鏡に映ったわが「影」すなわち姿までが衰えてしまった、といって嘆いているのである。

第三句の「ますかがみ」は、「真澄《ます》みの鏡」から転じた語で、澄み切った鏡の意。第四句の「影」は、非常に意味範囲の広い語だが、ここは、姿・形を指す。全体にこの歌は、第三・四・五句から、初・二句へと、倒置法の形をとった作となっている。

この歌は、『古今集』冬部の巻末に位置する作ゆえ、一応、歳暮《さいぼ》をテーマとした作品として受け取ることが可能だが、ここでも、『古今集』仮名序のいう「人の心」が重要視されており、その意味で、下句に重点が置かれていること、今さら説明を要すまい。

わが身の衰えを嘆くというが、いったい、この時、貫之は何歳だったのであろうか。今、仮に生年を貞観十三年（八七一）だとすれば、『古今集』成立の延喜五年（九〇五）は、三十五歳（古典文学の時代ではオギャーと生まれたその年を一歳と数える）。まさに働き盛りといった印象が強いが、これには、平安時代の平均寿命というものを考慮せずばなるまい。『古今集』巻七の賀部には、*長寿の祝いの歌が数多く並んでいるが、驚くなかれ、当時の人は、何と四十歳からすでに長生きのお祝いをしていたのである。三十路《みそぢ》も半ばの貫之が「見る影さへにくれぬ」と嘆くのも、けっして理由のないことではないのである。

＊長寿の祝いの歌―「仁和の御時、僧正遍昭に七十の賀たまひける時」「堀河の大臣の四十の賀、九条の家にてしける時」などと十首以上並んでいる。

11

むすぶ手のしづくに濁る山の井の飽《あ》かでも人に別れぬるかな

【出典】古今和歌集・離別歌・四〇四

すくったかと思えば、指の間からこぼれ落ちるしずく、そのしずくにも濁る山の清水のように、満足しないのに別れてしまうあなたなのですね。

ここで『古今集』の四季歌から、離別の歌に目を転じてみよう。京都の北白河から如意ケ岳《にょいがだけ》を通って大津の崇福寺《すうふくじ》に至るルートを志賀の山越えといい、これは王朝貴族が好んで通った道筋だが、貫之のこの歌も、また、その山中の清水のほとりで詠《よ》まれた作である。

初句の「むすぶ」は、「袖ひちて」（04の歌参照）の歌でも出てきたように、手のひらで水をすくいあげること。第二句「しづくに濁る」とは、指と

【詞書】志賀の山越えにて、石井のもとにて物言ひける人の別れける折によめる。

【語釈】○山の井—山の岩の間から水がわきでてたまった所。○飽かでも—満足しないのに、まだ満ち足りていないのに。

指の間からこぼれ落ちたしずく、そのわずかなしずくにも濁ってしまう、といったほどの意。また第三句の「山の井」は、山中に湧《わ》き出た清水《しみず》を意味する。その清水はいくら飲んでも飲み飽きないことから、ここまでは第四句の「飽かで」（満足しないで、の意）を導き出すための序詞《じょし》の役割を果たしている。

一方、下句は、清水のほとりで言葉を交《か》わした人ともっと話がしていたいのに、旅の途次ゆえ別れなければならない、そのつらさを詠《うた》っているのである。旅先での美しい女性との、一瞬の出会いと別れとを詠んだ、これは歌であるが、その女性を描くのに、大胆にもその指先に焦点を合わせたところに、この歌の成功した原因があろう。

最後に、*藤原俊成《としなり》が、その歌論書『古来風体抄《こらいふうていしょう》』の中で、この歌を「大方すべて、詞、事の続き、姿、心、かぎりもなき歌なるべし。歌の本体は、ただこの歌なるべし」と激賞していることを付け加えておこう。

＊藤原俊成―03に既出。

12

糸によるものならなくに別路《わかれぢ》の心細くもおもほゆるかな

【出典】古今和歌集・羇旅歌・四一五

糸によるという片糸でもないのに、都から東国へゆくこの別路が、片糸の細いように、私にはまことに心細く思われることだよ。

続いて『古今集』羇旅《きりょ》の歌を。「羇旅」の「羇」とは旅のこと。この時代、旅とは、例外なく苦しいもの、つらいものであった。したがって、旅の途上で詠《よ》んだ歌も、おのずとこのように憂情を表現した体《てい》のものとならざるをえない。

この歌、貫之が東国地方に向けて、東海道を下っていった折に詠んだ作である。初句の「糸」とは、細い糸と糸とを縒《よ》り合わせてできるものだが、そ

【詞書】東《あづま》へまかりける時の道にてよめる。

【語釈】○ならなくに―〜ではないのに。「なくに」は打消しの助動詞「ず」の未然形「な」に接尾語の「く」がついた形で、〜でないのにという意を示す。この用法を「ク語法」とい

郵 便 は が き

料金受取人払郵便

神田支店
承認

3458

差出有効期間
平成 25 年 2 月
28 日まで

101-8791

504

東京都千代田区猿楽町 2-2-3

笠間書院 営業部 行

■ 注 文 書 ■

◎お近くに書店がない場合はこのハガキをご利用下さい。送料 380 円にてお送りいたします。

書名　　　　冊数

書名　　　　冊数

書名　　　　冊数

お名前

ご住所　〒

お電話

コレクション日本歌人選●ご連絡ハガキ

●これからのより良い本作りのためにご感想・ご希望などお聞かせ下さい。
●また「コレクション日本歌人選」の資料請求にお使い下さい。

この本の書名＿＿＿＿＿＿＿＿＿＿＿＿＿＿＿＿＿＿＿＿

……………………………………………………………………

……………………………………………………………………

……………………………………………………………………

……………………………………………………………………

……………………………………………………………………

本はがきのご感想は、お名前をのぞき新聞広告や帯などでご紹介させていただくことがあります。ご了承ください。

■本書を何でお知りになりましたか（複数回答可）

1. 書店で見て　2. 広告を見て（媒体名　　　　　　　　　　　　）
3. 雑誌で見て（媒体名　　　　　　　　　　）
4. インターネットで見て（サイト名　　　　　　　　　　）
5. 小社目録等で見て　6. 知人から聞いて　7. その他（　　　　　　　　　　）

■コレクション日本歌人選のパンフレットを希望する

はい　・　いいえ

■コレクション日本歌人選・刊行情報（刊行中毎月・無料）を希望する

ご登録いただくと、毎月刊行される歌人の本がわかり、便利です。

はい　・　いいえ

■小社PR誌『リポート笠間』（年1回刊・無料）をお送りしますか

はい　・　いいえ

◎上記にはいとお答えいただいた方のみご記入下さい。

お名前
……………………………………………………………………
ご住所　〒
……………………………………………………………………
お電話

ご提供いただいた情報は、個人情報を含まない統計的な資料を作成するためにのみ利用させていただきます。個人情報はその目的以外では利用いたしません。

の縒り合わせる前のもとの糸を、当時の言葉では「片糸」といった。いうまでもなく、これは非常に細いものゆえ、その縁で、この語は、第四句の「心細く」を形容する働きをしている。

この歌の中心が、第三句以下「別路の…」にあることは、説明を要すまい。つまり、花の都を振り捨てて、これから鄙《ひな》の地へ下ってゆこうとする旅人のせつなさ、たよりなさを詠んだ、これは歌なのだが、おそらくは、この作、後に都にいる家人ないしは知人に披露され、いたく共感を誘ったことであろう。

この歌の評価を巡っては、吉田兼好*の『徒然草』第十四段に次のような発言が見られる。「貫之が『糸によるものならなくに』といへるは、古今集の中の歌屑《くづ》とかやいひ伝へたれど、今の世の人の詠みぬべきことがらとは見えず」と。「古今集の中の歌屑」という評価は、いったいだれの発言か、つまびらかにはしかねるが、それにしても、「今の人にはとうてい詠めそうもない」とは、貫之もたのもしい味方を持ったものである。

う。

*吉田兼好—06に既出。

13

小倉山《をぐらやま》峰立ちならし鳴く鹿の経《へ》にけむ秋を知る人ぞなき

【出典】古今和歌集・物名・四三九

小倉山の峰を何度も踏みしめて鳴く鹿が、そこで何年も送ってきたであろう秋の数を知る人とていないことだよ。

『古今集』の巻十は「物名《*もののな》」と呼ばれる歌を収めている。この物名歌とは、ある物の名前を表面上それと分からないように懸詞《かけことば》（掛詞）式に隠して詠《よ》み込んだ歌のこと。つまりは言葉遊びの歌である。

たとえば、「今いくか春しなければうぐひすもものはながめて思ふべらなり」というこの歌、同じ貫之の作だが、第三句から第四句にかけての「うぐひすもものはながめて」の所に「すもものはな」という語が隠されている、

*物名―音で「ぶつめい」とも。一首の歌の中に、ある物の名を隠し入れてよむこと、またその歌。

といった具合である。

では、掲出の「小倉山」の詠《えい》は、いったい、どこに、どのような言葉が隠されているのか。これは、いささかやっかいな問題で、「今いくか」の歌のように単純なものではない。もう、お分かりだろうか。答えは「をみなへし」。え、どこに「をみなへし」なんかが…と、いぶかるむきもあるかもしれないが、これは「折句《おりく》」といって、一つの語をバラバラに分解し、「を」「み」「な」「へ」「し」の各一文字を、「小倉山《を》」「峰立《み》ちならし」「鳴《な》く鹿の」「経《へ》にけむ秋を」「知《し》る人ぞなき」と、各句の上《かみ》にすえて詠み込んだ歌なのである。

これまでたびたび見てきたように、古今集時代の歌には、徹底的に言葉にこだわることによって開発された懸詞や序詞など、言葉遊びともいうべき表現技巧が少なくない。が、考えてみれば、本来詩というものは、古今東西を問わず、たぶんに言葉遊びの要素を持っているものであり、この点を十分に理解しなければ、王朝貴族の和歌の世界に参入することなど、およそ不可能というものであろう。

＊折句―歌の各句の先頭の文字をつなぎあわせると一つの語になるように折り込んだ歌のこと。

14　吉野河岩波高くゆく水のはやくぞ人を思ひそめてし

【出典】古今和歌集・恋歌一・四七一

岩打つ波が高く流れてゆく吉野河の水のように、たちまち私もあの人に思いを寄せるようになってしまったことだよ

ここらで、目を転じて、貫之の恋の歌について見てみよう。出典は『古今和歌集』と『後撰和歌集』*。

初句の「吉野河」は、吉野山のふもとを流れる河で、『万葉』以来しばしば歌に詠《よ》み込まれた歌枕だが、流れが速い河として知られている。二・三句目の「岩波高くゆく水の」とは、岩にぶつかり波を高くあげながら流れてゆく水の意で、ここまでが次の「はやく」を導き出すための序詞の働きをして

*後撰和歌集―天暦五年（九五一）、村上天皇の勅命によって編集された、二番目の勅撰和歌集。

いるわけである。そして四句目の「はやくぞ」は、ゆく河の水が速いように、すばやく、といったほどの意だが、一読、今にも恋する人の鼓動が聞こえてきそうな作である。

ところで、この歌の構造を分析してみると、景色を描いた上句と、心情を述べた下句とに分けられるが、恋の歌としては、むろん下句に重点が置かれていることは、説明を要しなかろう。それでは、上句は単なる飾りかといえば、さにあらず。言葉だけではなかなか伝えることのできない心の内も、このように具体的な景色の描写があればこそ、鮮やかなイメージとして読者にも伝わってくるのである。

この歌に見るように、上句から下句にかけて、景から情への転換*を果たしている恋の歌は、何も『古今集』に限らず、『万葉』以来の伝統でもあったが、自己の心情に、どんな景色を対応させるのか、この景と情との組合せ方一つで、歌がおもしろくもつまらなくもなるわけである。

＊景から情への転換―古代和歌の原型的なものは、上句に「景」を置き、下句に「情」を述べるということにあった。

15

世の中はかくこそありけれ吹く風の目に見ぬ人も恋ひしかりけり

【出典】古今和歌集・恋歌一・四七五

男と女の仲というものは、こんなふうだったのだなあ。吹く風のように、まだ見たこともない人のことが恋しくてたまらないことだよ。

平安時代の恋というものは、いったい、どのようにして始まるのか。どこそこにすばらしい娘さんがいるそうだ、ということを人づてに聞いた男は、何はともあれ、挨拶代わりに相手に歌を贈る。それで、女性の方はといえば、その時点でたとえ男性のことが気に入ったとしても、すぐに承諾の返事を出したりはしない。しばらくは、気があるような、ないような、はっきりしない態度で返事をし、男の器量をじっくりと見究めてからＯＫをする…といった次第で、すべての恋は、うわさで相手のことを聞きつけることから出発するのである。

この歌もしかり。まだ相手の顔を見たこともなく、うわさに聞いただけで、すっかり女性に夢中になってしまった気持ちを詠《うた》う。今までこんな経験をしたこともなかった作者は、ここでひとつの大きな教訓を得たのだ。男と女の仲には、こんなこともあるものなのだ、と。

第二句の「ありけれ」の「けり」は、一般に過去とか詠嘆の助動詞といわれているが、この場合は、認識の助動詞とでもいうのがよかろう。自分は知らなかったが、今初めてそのことに気がついた、というのである。また、第三句の「吹く風の」の「の」は、*比喩《ひゆ》の「の」で、「まるで〜のように」の意。

おおよそ何がつらいかといって、片想いほどつらいものはないが、実は『古今集』には、この手の恋歌がけっして少なくはないのである。

＊比喩の「の」―14の「吉野河」の歌の三句「…水の」の「の」もこの比喩の例。

16

人知れぬ思ひのみこそわびしけれわが嘆きをば我のみぞ知る

【出典】古今和歌集・恋歌二・六〇六

人にも知られないこの激しい思いこそ、まことにわびしいことだよ。私のこの嘆きというものを知っているのは、この私だけなのだから。

これもまたわびしい片想いを詠《よ》んだ作。第二句「思ひ」の「ひ」に、「火」の意味が掛けられており、ここには相手の女性に寄せる思いの激しさが表現されている。また、第四句「嘆き」の部分には、「投げ木」の意が掛けられているが、この「投げ木」とは、火中に投じて燃やす木のことだから、「思ひ」の「火」と呼応し、ここにも燃えるような激しい恋心が暗示されていることになろう。

ところで、『*新古今和歌集』を代表する女流歌人の*式子内親王《しょくしないしんのう》の歌に「忘れてはうち嘆かるる夕べかな我のみ知りて過ぐる月日を」という作がある。これは「忍恋《しのぶこい》」の題で詠まれたものだが、この「忍恋」というのは、人目を忍んでこっそり会う恋というのではなく、好きな人がいても、それを言葉に出さず、心の奥底に秘めてじっと耐え忍んでいる恋のことをいう。式子歌の初句「忘れては」とは、下句に展開される「我のみ知りて過ぐる月日を忘れては」の意。また、「うち嘆かるる夕べかな」の「夕べ」とは、男が愛する女のもとを訪ねてゆく時刻を意味する。

　さて、この式子歌の第二句「うち嘆かるる」と第四句「我のみ知りて」という表現は、掲出の貫之歌に依拠した、いわゆる本歌取りの歌である。ただ、貫之と違って、式子の場合、いまだ見ぬ恋人の訪れをふと幻想し、次の瞬間、その空しさに気づいて嘆息する、という複雑な心境が詠まれているが、それに比べてみる時、貫之歌は、いたって素直な表現といって差し支えなかろう。

＊新古今和歌集―元久二年（一二〇五）後鳥羽院の勅命によって編集された、八番目の勅撰和歌集。

＊式子内親王―鎌倉時代の歌人。後白河天皇の皇女。建仁元年（一二〇一）没。五十三歳。

17

色もなき心を人に染めしよりうつろはむとは思ほえなくに

【出典】古今和歌集・恋歌四・七二九

どんな色にも染まっていなかった私の心を、あなたの色に染めて以来、まさかあなたの心が色あせてゆこうなどとは、思ってもみなかったのに。

この歌のキー・ワードは、第四句の「うつろはむ」である。「うつろふ」は、「うつる」から派生してできた語で、本来は、ものごとが衰えてゆく様《さま》をいう。したがって、花ならば、色あせる、散りぎわになる、などという意味で使うが、大事なのは、人の心についても使用でき、その時は、心変わりする、などと訳すことが可能である。小野小町*の歌に「色見えで*うつろふものは世の中の人の心の花にぞありける」とあるのも、こうした用法に他なら

【語釈】○思ほえなくに―12番で使われていた「ク語法」。～と思われないのに。

*小野小町―貫之よりおよそ五十年ほど前に活躍した平安前期の歌人。六歌仙の一人。生没年未詳。

*色見えで―古今和歌集・恋

ない。

さて、初句の「色もなき」とは、無色透明な状態、すなわち、まだ恋も知らなかったうぶな心を指していう。そうした純情無垢《むく》な心も、あなたという人を知って、すっかりあなたの色に染まってしまった、と二・三句目はいうのである。だが、悲しいかな、人の心とは、否《いや》が応でもうつろってゆくもの。あなたもけっしてその例外ではなかったのですね、と恋人の心変わりを嘆じた、これは歌なのである。

『古今集』をひもといてみると、恋の歌は、後半の巻十一から十五まで、実に三六十余首もの詠《えい》が収められているが、その中に、みごと成就した恋の喜びを詠《うた》ったものはいたって少なく、それに対して、苦しい片想いや、悲しい失恋を詠《よ》んだ歌が所せましとばかりに並んでいるのである。このことは、当時の歌人たちが、読者を感動させ、納得させることができるような恋歌の本意《ほんい》（事物の本来的な性質）というものは、まさにこうした側面にあると、考えていたためであろう。

歌五にのる。

18

色ならばうつるばかりも染めてまし思ふ心をえやは見せける

【出典】後撰和歌集・恋二・六三一

私の心が色ならば、あなたの心に移るほどに、その色で染めるのだけど。でも、私の心は無色透明。心の内をあなたに見せることはできない。

この歌、『後撰集』の詞書には、いいかわした女から「いいかげんな気持ちでいうのでしょう」といってきたので、詠んだ歌とある。

上句の「ば～まし」は、いわゆる*反実《はんじつ》仮想《かそう》表現で、英語の仮定法に相当する。もし私の心が色ならば、というのだが、実際には、何色というわけでもないので、残念ながらあなたの心を私流の色に染めることなどできない、というのである。

【詞書】言ひかはしける女のもとより、「なほざりに言ふにこそあめれ」と言へりければ。

【語釈】○えやは―副詞の「得《え》」に反語の「やは」がついた形。どうして～できようか、とてもできないという意。

末句の「えやは見せける」*は、いささかやっかいな用法だ。まず、「やは」という係助詞は反語なので、「〜だろうか、いや〜でない」と、ここは結果的に打消し表現となる。また「やは」の直前にある「え」という語だが、これは副詞で、下に必ず否定表現を伴って（ここでは「やは」がそれに当たる）、「〜することができない」の意。したがって、「えやは見せける」は、とうてい見せることができない、といった訳になろう。

前歌では、「私の心は無色透明だったのに、あなたの色に染まってから…」と、貫之は嘆いて見せたが、この歌はその反対。「もし、私の心に色があるならば、あなたの心を染めてみたい…」と、おのが熱き思いを、冷淡な女に訴えているわけである。

恋とは、とかくままならぬもの。それゆえにこそ、神代《かみよ》の昔から今に至るまで、飽きることなく、めんめんと恋歌、それも嘆きの歌が作られてきたのであろう。

＊反実仮想―実際におこった事実に反したことを多くは願望をこめて予想するときの言い方。「〜ましかば〜まし」「〜せば〜まし」などと使う。

＊えやは見せける―見せることができようか、いやできない。

19

玉の緒《を》の絶えてみじかき命もて年月《としつき》ながき恋もするかな

【出典】後撰和歌集・恋二・六四六

玉に通した紐のように、切れやすく短い命で、こともあろうに長い年月、あなたに恋をしつづけていることだよ。

これは、貫之が長年通いつづけた女に送った歌。初句の「玉の緒」は、美しい玉に通した紐《ひも》のこと。これは切れやすいことから、次の「絶えて」を導き出す役割をするとともに、「魂《たま》（玉）」にかけて、下の「命」の縁語ともなっている。

上句のいわんとしていることは、人の命というものは、いかにもはかないものであるが、そのはかない命にもかかわらず、の意。それ対して、下句

【詞書】年久しく通はし侍りける人につかはしける。

【語釈】○玉の緒―本来は「玉をつらぬいた紐」のことだが、後には「魂《たま》の緒」で、生命やいのちの意で使われた。

は、長い間、浮気のひとつもせずに、ただただあなたを一筋に愛しつづけてきた、この私の胸の内をどうか分かって下さい、と相手の女性に向かって、おのが真情を吐露している、とこのようにみて差し支えなかろう。

『古今集』の恋の歌は、何も貫之歌に限らず、詞書《ことばがき》に「題しらず」とある歌が多いのだが、このことは、一首一首の歌が、歌人たちの具体的な恋愛体験から詠《よ》まれたのではなく（そういう歌もないわけではないが）、この時代の人びとが、恋とはどういうものと考えていたのか、その本質について歌で考察した、とみるのがよかろう。

一方、『後撰集』の恋歌には、長い詞書が付されているものが多いが、これは、それらの歌が歌人たちの実際の恋愛体験から生まれてきた、とみることができよう。専門家は、こうした歌を、民俗学の用語を借りて、「褻《け》の歌」*と呼んでいるが、実際この種の歌が多いのが、『後撰集』の一大特色をなしているのである。

*褻の歌―私的な日常生活の中から生まれた歌。「晴の歌」に対する語。

20

暁のなからましかば白露のおきてわびしき別れせましや

【出典】後撰和歌集・恋四・八六二

もし暁というものがなかったら、起きてわびしい別れをしないですんだであろうに。

古典和歌には「後朝《きぬぎぬ》の歌」と呼ばれるものがある。これは、女のもとで一夜を過ごした男が、朝早く起きて自宅に帰りつくや、ただちに女に贈る歌のこと。その内容は、当然のことながら今朝の別れがいかにつらかったかを、女に訴えるところに主眼が置かれる。

この歌も、まさしく後朝の歌。全体は例の反実仮想表現で、暁というものがなかったら、というのであるが、この「暁」とは、夜が明けようとして、

*後朝―夜、男女が共寝をする際、各自が脱いだ衣を重ねて寝るが、翌朝別れる時に、その衣を身につけて帰ることから、こうした男女の別れを「衣衣（後朝）の別れ」という。また、男が帰ったあと女の所へ贈る歌を「後朝の歌」といった。

まだ明けきらない暗い内をいうが、これは共寝した男女が別れる時刻のことでもあった。

第三句は、「白露」は「置く」ものだから、同音の関係から「起き」を引き出すための枕詞の役割を果たしているが、ここは単なる枕詞というよりも、実際その折の景色の描写とみてよかろう。

『後撰集』では、この貫之歌に対して、次のような女の返歌を紹介している。「おきてゆく人の心を白露の我こそまづは思ひ消えぬれ」。起きてゆくあなたの心の内は分かりかねるので、この私こそ悲しみで心が消え入ってしまいそうです、と。「おきて」が「起きて」と「置きて」の懸詞。「白露の」が、「知ら（ず）」との掛詞であると同時に、「消え」の縁語ともなっていること、説明を要すまい。

女の歌の「おきて」と「白露の」という言葉は、貫之歌の第三・四句に使われた表現を踏まえてのものだが、歌の贈答における返歌というものは、このように、相手が贈ってよこした歌の表現を利用してなされるのが、普通のことであった。

21

行きて見ぬ人もしのべと春の野のかたみに摘める若菜《わかな》なりけり

【出典】貫之集・屏風歌一

子《ね》の日の野遊びに行かなかった人も、その折の様子をしのんで下さいと、籠《かご》に摘んだ若菜がこれですよ。

寝殿造《しんでんづく》りと呼ばれる平安貴族の邸宅にあっては、広い空間を区切るために、几帳《*きちょう》や屏風といった家具が使用されたが、その屏風には、正月の若菜摘み、二月の梅、三月の桜…といったように、四季折々の大和絵《*やまとえ》が描かれていた。そして、その絵の一隅には、絵の内容にふさわしい歌が書き添えられるのを常としていたが、こうした歌のことを屏風歌《びょうぶうた》という。

貫之の個人歌集である『貫之集』は、全体が九巻九百余首から成るが、そ

【詞書】延喜六年、月並の屏風八帖が料の歌四十五首、宣旨にてこれを奉る二十首。子の日遊ぶ家。

＊几帳―室内の空間を区切るための移動式カーテン。

＊大和絵―平安時代の絵画で、日本特有の風景を描いたもの。唐絵に対する語。

の内、前半の五巻（五百余首）はすべてこの屏風歌で占められている。これは、当時、貫之が屏風歌作者としていかに人気があったかを、如実《にょじつ》に示すデータといえよう。

　まずは延喜六年（九〇六）内裏のための屏風歌から。図柄は「子《ね》の日、遊ぶ家」。往時、正月の初めの子の日*には、人びとは野に出て若菜を摘み、小松を引いて遊んだ。若菜は食して健康を、小松は自邸の庭に植えて長寿を祈るために。

　第四句の「かたみ」は、「形見」（春の野をしのぶための若菜）と「筐《かたみ》」（竹で作った籠）の懸詞となっているが、作者は、何か事情があって子の日の遊びに出かけることができなかった人のために、若菜を籠に摘んで土産《みやげ》代わりに持ち帰った人の立場に立ち、この歌を詠《よ》んだのであろう。したがって、この絵を見る人も、漠然とこの場面を眺めるのではなく、自己を画中の登場人物に感情移入して、楽しんでいたに違いない。屏風歌とは、そのようにして鑑賞されるものだったのである。

*子の日—百人一首の光孝天皇の歌「君がため春の野に出でて若菜つむ」の歌も子の日の遊びをうたったものである。

22

花もみな散りぬる宿はゆく春のふるさととこそなりぬべらなれ

【出典】貫之集・屏風歌一

花もみな散りはててしまったわが家は、まるで過ぎゆく春の昔の住処となってしまいそうだ。

これも前歌と同じ折の屏風歌だが、画題は「三月つごもり」。この「つごもり」とは、「月ごもり」から転じたもので、月末の意。陰暦《いんれき》では、一・二・三月が春だから、これは春の末日での詠《えい》、すなわち過ぎゆく春を惜しんで詠《よ》んだ歌なのである。

第四句の「ふるさと」は、「人はいさ…」（05参照）のところでも説いたように、「馴染《なじ》みの土地」といったほどの意でよく使われるが、ここは今まさに旅立ってゆこうとする春がしばらく馴染《なじ》んだ家、すなわち旧家の意としてよかろう。

末句の「べらなれ」（終止形は「べらなり」）は、一種の推量の助動詞だが、要は、断定を避けて、「〜のようだ」「〜のように見える」といった意。普通散文の世界では使われることがなく、平安前期の和歌の世界に限って出てくるが、とりわけ貫之が好んだ表現とされている。たとえば、「風*の音秋にもあるかひさかたの天《あま》つ空こそ変はるべらなれ」「わが宿の松の梢に住む鶴は千代の雪かと思ふべらなり」「梅が枝《え》に降りかかりてぞ白雪も花のたよりに折らるべらなる」のように。

この「花もみな」の歌は、春という季節を擬人化《*ぎじんか》し、その春が過ぎゆく様《さま》を惜しんで詠んだものだが、伝統的な王朝和歌にあっては、現代と違い夏の到来《とうらい》はかならずしも歓迎されるものではなかった。それよりも過ぎゆく春を心から惜しむ、というのが王朝人の風流心にかなった態度とされていたのである。

*風の音―以下の三首、出典はいずれも貫之集・屏風歌一より。

*擬人化―人間でないものを、あたかも人間と同じように扱うこと。

23

逢坂《あふさか》の関の清水に影見えて今や引くらむ望月《もちづき》の駒《こま》

今日は八月十五夜、月光のもと、今ごろはさぞかし、逢坂の関の清水に、凛々《りり》しい馬の姿を映しながら、役人たちが馬を引いていることだろう。

【出典】貫之集・屏風歌一

これまた前歌・前々歌と同じ折の屏風歌だが、長らく貫之の代表作とされてきた歌である。往時、旧暦の八月十五日には、駒迎えといって、諸国から宮廷に献上される馬を、馬寮《めりよう》の役人が逢坂の関まで迎えに出る行事があった。図柄はその行事の様《さま》を描いたもの。

初句の「逢坂の関」は、『百人一首』の蝉丸《せみまる》歌*でも有名な、滋賀と京都との境にあった関所の名。この地には清水があって、そこに満月（望月）の光

*蝉丸歌―これやこの行くも帰るも別れては知るも知らぬも逢坂の関。

（影）が射すのと同時に、また、馬の姿（影）も映っている図柄である。末句に見える「望月の駒」*は、長野県北佐久郡望月町にあった牧場で生まれ育った馬のこと。

この歌のポイントは、四句目の「今や引くらむ」という表現にある。周知のように、この「らむ」は、目に見えぬものを推量して、「今ごろはさぞかし〜だろう」という気持ちを表す。とすると、この歌の詠者の立ち位置はどこにあるのであろうか。通常、屏風歌にあっては、そこに描かれた図柄（景色）を外から眺めている人物の視点から詠《よ》んだり、前々歌のように、画中の人物になったつもりで詠んだりするものだが、この場合は、そのどちらでもない。

では、いったい詠者はどこにいるのか。貫之の熱心な信奉者であった歌人香川景樹《かがわかげき》*は、この歌を、かつて駒迎えに参加したことのある人が、行事の当日に、都からその情景を思いやって詠んだものと解したが、「らむ」の一語に注目すれば、おそらくそれが正解であろう。

*望月の駒—折から仲秋の名月（八月十五夜の月）とあって、数ある名馬の中からこの「望月の駒」が特に歌の中に推賞されたのである。

*香川景樹—江戸後期の歌人。桂園派の創始者。天保十四年（一八四三）没、七十六歳。

24

唐衣《からごろも》打つ声聞けば月清《きよ》みまだ寝ぬ人を空に知るかな

【出典】貫之集・屏風歌一

どこからかもれてくる衣を打つ音を聞いていると、月が美しいあまり、寝られずにいる、そんな女性の存在が自然と知られることだよ。

【語釈】○唐衣―袖の大きい中国風の衣服。○空に―暗《あん》に、自然に。

延喜十三年（九一三）藤原満子《まんし》の四十賀の折の屏風歌で、図柄は月下に女性が衣を打っているところ。初句の「唐衣」は、もと中国風の衣服のことをいったが、後には単に衣と同じ意で使用。第三句の「月清み」の「み」は、原因・理由を表す接尾語で、ここは月が美しいので、の意だが、「清し」は、清浄で汚れのない美しさをいう。

第四句の「まだ寝ぬ人」というのは、美しい月夜ゆえに、今夜あたり自分の愛する男性がひょっとして訪ねてきてくれるのではないか、と床に入りかねている女性のことをいう。末句の「空に知るかな」の「空」は、美しい月が出ている空を眺めて知る意と、だれに説明されるまでもなく自然と知られる、の両方の意がかけられていよう。

砧《きぬた》で衣を打つことを「擣衣《とうい》」といい、これはしばしば歌題にもされたが、本場中国の漢詩の世界では、この「擣衣」というのは、異国の地に兵隊として取られた夫の帰りを待って、夜遅く妻が衣を打つことを意味していた。わが平安時代には、兵隊云々ということはないので、そのような詠《よ》まれ方はしないが、それでも、和歌の世界では、衣を打つのはきまって女性であり、しかも夜更《よふ》けに打つことになっているので、その音を聞いた人は、自ずと哀れを催す*ことになるのである。この貫之歌で「まだ寝ぬ人」が男の来訪を待っているというのも、右に述べたような、漢詩の伝統を踏まえての解釈ということになろう。

＊哀れを催す―百人一首の参議雅経の歌「み吉野の山の秋風さ夜ふけて故郷寒く衣うつなり」も、この「きぬた」の歌で、夜ふけの寂しさがよく出ている。

25

来ぬ人を下に待ちつつ久方《ひさかた》の月をあはれといはぬ夜ぞなき

【出典】貫之集・屛風歌一

やって来ないあの人を心ひそかに待ちながら、空に出た月を、ああ、すばらしい、と称讃しない夜とてないことだよ。

延喜十七年（九一七）醍醐《だいご》天皇の命によって詠《よ》んだ屛風歌中の一首。『貫之集』に図柄の説明は特にないが、季節は秋、空には美しい月が浮かび、邸内には、それを眺めるもの思わしげな女性が一人、とでもいったところであろうか。

第二句の「下に待ちつつ」の「下に」は、空間的な意味の下ではなく、表面に出ないこと、すなわち、内心こっそりと、の意である。第三句の「久方

【語釈】○下に待ちつつ―心の中に待ちながら。○久方の―天・空・日・月・雲等にかかる枕詞。

の」は「月」に掛る枕詞。第四句の「あはれ」は王朝文学の最重要語で、うれしくても、悲しくても、感動する時に出る言葉。したがって訳し方はいろいろあって構わない。ここでは「ああ、すばらしい」といったほどの意であろう。

この図柄の中心的存在ともいうべき女性が、長い秋の夜を、毎晩遅くまで寝ずにいるのは、けっして美しい月を眺めるためではなく、自分の愛する男性を、今か今かと待ちあぐねているからにほかならない。もし、傍《かたわ》らの人が、なぜ寝ないのか、と尋ねたら、その時には、だって今夜もお月さまがあまりにもきれいなんですもの、とあらかじめ口実を用意している、そんな純情可憐な女性に、画中の人物を見立てての、これは詠《えい》なのである。

この歌を、上のように解釈してくると、いかにも物語中の一場面が連想されようが、実際、このような屏風絵を鑑賞していた当時の人びとに、物語的な興味を掻き立てさせたりするのも、屏風歌作者の大事な役割のひとつだったのである。

26

いづれをか花とはわかむ長月《ながつき》の有明《ありあけ》の月にまがふ白菊

【出典】貫之集・屏風歌二

いったいどれを花だと区別しようか。この長月の夜明け方、見わけがたくなった月の光と白菊とを。

【詞書】延喜十八年二月、女四のみこの御髪上げの屏風の歌、内の召しにて奉る、九月。

*髪上げ―女子の成人式。

延喜十八年（九一八）醍醐天皇の第四皇女勤子《きんし》内親王の髪上げ*の折の屏風歌。これまた図柄の説明は特にないが、晩秋、庭の白菊が月光に照らされている場面であろう。

第二句の「わかむ」は、「分《わ》く」という動詞で、区別する意。第三句の「長月」は陰暦九月のこと。したがって、今なら晩秋ということになろう。第四句の「有明の月」は、夜が明け始めたころ空に出ている月のことで、これは陰暦の十五日以降に見られる現象。

　この歌は、白い菊の花に白い月の光が射し、はて、いったいどちらが月の光で、どちらが菊の花やら、とややおおげさに戸惑って見せているわけだが、こうしたAをBに見まがうという表現は、実は平安時代の歌人たちがお手本としていた中国の詩にしばしば出てくる表現なのである。

　たとえば、『百人一首』で知られる*凡河内躬恒《おうしこうちのみつね》の「心あてに折らばや折らむ初霜のおきまどはせる白菊の花」の詠《えい》もそうした例。こちらは白菊に白い霜が降りて、手《た》折るにも骨が折れることだよ、とこれまたややオーバー気味に困惑して見せたもの。

　白菊の花を詠《うた》うのに、花そのものの美しさをいわず、月光が射してきて見わけがたい、というこの表現法は、多分に分析的、理知的であり、その点が、後の*正岡子規《しき》の攻撃するところとなったわけだが、当時の貴族は、こうした表現を、中国風の新鮮なものとして歓迎したのである。

*凡河内躬恒―平安前期の歌人。古今集の撰者の一人。生没年未詳。この歌の上句は「当て推量に折ったら、折れるだろうか」という意味。

*正岡子規―明治の歌人・俳人。近代短歌の改革者。明治三五年（一九〇二）没。三十六歳。

27

大空にあらぬものから川上に星かと見ゆる篝火《かがりび》の影

【出典】貫之集・屏風歌二

大空でもないのに、川上にまるで大空に輝く星かとばかりに見える、そんな篝火の火影《ほかげ》であることよ。

【詞書】延長二年五月、中宮の御屏風の和歌二十六首、鵜川。

延長二年（九二四）醍醐天皇の后である穏子《おんし》の四十賀の折の屏風歌中の一首。図柄は鵜飼《うか》いをしている場面。鵜飼いとは、鵜という鳥を使って川魚を捕る漁法で、いうまでもなく夏の行事であった。

歌は、鵜飼い船に取り付けられた篝火《かがりび》が、川面《かわも》に映っている様《さま》を大空に輝く星に見立てたもの。第二句の「あらぬものから」の「ものから」は、逆接の接続助詞で、「～でないのに」の意。第三句の「川上」は、鵜飼い船を浮かべている上流の意ではあるが、同時に、この「上」は、天空をも意味する。末句の「影」は、意味範囲のきわめて広い語だが、ここは篝火の「火影」のこと。

　要するに、この歌、闇夜にゆらめく鵜船の篝火を、夜空の星に見立てたものだが、このような歌が画面の一画《いっかく》に加わることによって、この屏風絵を鑑賞する人は、絵には必ずしも描かれていなかった、遥かかなたの大空にまで思いを馳《は》せて、楽しむことができるのである。

　屏風歌というものは、歌人が自ら進んで詠《よ》むものではけっしてなく、天皇家や摂関家など、*権門《ごんもん》貴紳《きしん》からの依頼があって初めて詠むものである。したがって、屏風歌を数多く詠み残していることは、当の歌人にとっては、明らかに名誉なことであった。このような屏風歌というものを、現代の立場からいかに評価してゆくか、このことは王朝和歌にアプローチするに際して、われわれに課された大きな課題といえよう。

＊権門貴紳―ふつうには「けんもんきしん」という。「ごんもん」は古い言い方。

28

訪《と》ふ人もなき宿なれど来る春は八重葎《やへむぐら》にもさはらざりけり

【出典】貫之集・屏風歌二

訪ねてくる人とてないわが宿ではあるが、毎年決まってやって来る春は、庭に生い繁った八重葎にも邪魔されずやって来たことだよ。

【詞書】三条右大臣屏風の歌。

【語釈】○八重葎―繁茂しているむぐら。

＊藤原定方―平安前期の歌人・政治家。承平二年（九三二）没。六十歳。

＊藤原定方《さだかた》から依頼を受けて詠《よ》んだ屏風歌の一首。図柄は、男の訪れもなく荒れ果ててしまった邸内の庭を描いたものであろう。

第四句に見える「八重葎」とは、幾重《いくえ》にも生い繁った蔓草《つるくさ》のことをいい、これは男に見捨てられた女性の荒れはてた淋しい邸を象徴するものとして使われるのが当時の常識であった。末句の「さはらざりけり」の「さはる」は、現代語でいえば、「さしさわる」という場合の「さわる」と同じで、差し支えるの意。

この歌のもととなった屏風の絵には、単に荒れ果てた庭ばかりではなく、おそらく邸内から淋しげな様子で庭を眺めている女性も描かれていたことであろう。とすれば、作者は、画中の人物の立場に立ってこれを詠んだことになる。また、これを鑑賞する人も、とりわけそれが女性なら、画中の人物に感情移入して、この絵に眺め入ったに違いない。

ところで、『源氏物語』桐壺巻の、靫負命婦《ゆげいのみょうぶ》が帝の命令で、今は亡き桐壺更衣《こうい》の実家《さと》を見舞いにゆく場面で、「草も高くなり、野分にいとど荒れたる心地して、月影ばかりぞ八重葎にもさはらず射《さ》し入りたる」とある一節は、貫之歌の下句に基づいた、いわゆる引歌《ひきうた》表現であること、いうまでもあるまい。この貫之歌を踏まえることによって、更衣の実家が今は訪れる人とてない淋しいもの（訪ふ人もなき宿）であることを、紫式部はものの見事に暗示しえたのである。

*引歌表現―物語などの文章で、古歌の一部を踏まえて表現することをいう。

29

思ひかね妹《いも》がり行けば冬の夜の川風寒み千鳥《ちどり》鳴くなり

【出典】貫之集・屏風歌三

思いに耐えかね、あの人のもとへと行くと、冬の夜の河風が寒いので、しきりに千鳥の鳴き声がすることだ。

承平六年（九三六）藤原*実頼《さねより》の家から依頼され詠《よ》まれた屏風歌中の一首。冬の夜、画面には川が一筋と、空には群れ飛ぶ千鳥の姿が描かれていたのであろう。

初句の「思ひかね」は、愛する女性への思いに耐えかねて、の意。二句目の「妹がり」の「妹」は、本来男の側から見た姉妹を指していう言葉だが、転じて女の恋人、あるいは妻をも意味するようにもなった。「がり」は、

【詞書】同じ（承平）六年春、左衛門督殿屏風の歌、冬。

【語釈】○妹がり―「妹」は恋しい女性を表す古い表現。「がり」は～のもとへという意。○寒み―寒いので。「無《な》み」「浅み」など、形容詞の語幹について「～なので」という意を表

「～のもとへ」の意。四句目の「寒み」の「み」は、原因・理由を表す接尾語で、ここは河風が寒いので、といった意味になる。末句の「千鳥鳴くなり」の「なり」は、聴覚判断、すなわち何かを耳で聞いて判断している様《さま》をいう。

冬の寒夜、一人寝の淋しさに耐えかねて、恋人のもとへと急ぐ男。そんな男にとって、川面《かわも》を吹きわたる風はあまりにも寒く、空行く千鳥の群も思わず鳴き声を立てて飛んで行く、というのであるが、この歌、詠作事情が説明されなければ、屏風絵の賛*としてではなく、あたかも貫之の実体験から生まれた歌かと思いたくなるところであろう。

この歌の持つ、そうした迫力に押されたせいであろうか、「歌よみに与ふる書*」の中で、「貫之は下手《へた》な歌よみにて古今集はくだらぬ集にこれ有り候ふ」といい放った、かの正岡子規も、「この歌ばかりは趣味ある面白き歌に候ふ」と、しぶしぶその価値を認めたのであった。

*藤原実頼―平安中期の歌人・政治家。天禄元年（九七〇）没。七十一歳。

*賛―絵の一角に書き付けられた詩歌のことを賛という。

*歌よみに与ふる書―正岡子規の歌論書。明治三十一年（一八九八）に新聞「日本」に発表された。

30

一年《ひととせ》に一夜《ひとよ》と思へど七夕《たなばた》の逢ひ見む秋のかぎりなきかな

【出典】貫之集・屏風歌四

会えるのは、わずか一年に一度といえども、七夕姫と彦星とが会い続けるこの秋は未来永劫、いつまでも絶えることがないことだよ。

【詞書】同年（天慶二年）閏七月、右衛門督殿屏風の料十五首、七月七日。

【語釈】○七夕―五節句の一つで、七月七日の夜、天の川の両岸にある牽牛星と織女星が年に一度の逢瀬をするという故事にもとづき、星を祭る行事。

天慶《てんぎょう》二年（九三九）源清蔭《きよかげ》の家の屏風歌の中の一首。画題は七夕。七夕は中国起源の伝説で、その後わが国に渡来し、すでに『万葉集』においてさかんに歌に詠《うた》われていたが、平安時代の貴族たちにもまた親しまれた歌題であった。

彦星と七夕姫と、この天上の恋人たちは、互いに愛し合っていながらも、一年に一度、七月七日の夜にしか会うことのできない定め。彼らのそんなデート振りを見て、地上の人間たちは、自分たちのありように引き付けて、あれやこれやと、さまざまな感想を抱いたりするのである。

会えるのは、わずか年に一度といえば、愛し合っている恋人たちには、あまりにも苛酷なように思われがちだが、しかし、この二人、うつろいやすい心を持った地上の恋人たちに比べれば、いついつまでも心変わりすることなく、永遠に恋人同士でいられるわけで、思えばこれはまた何とめでたいことか、と彦星と七夕姫との、たぐい希《まれ》なる愛を讃えた歌、とこれはなっている。

貫之と同時代の藤原興風《おきかぜ》*の歌に「契《ちぎ》りけむ心ぞつらき七夕の年に一度《ひとたび》逢ふは逢ふかは」がある。七夕姫は何と冷たいことか、一年に一度逢うなど逢った内にはいるかよ、とこちらは彦星の立場で七夕姫を恨んだもの。本来、何の関係もない両歌だが、七夕の夜に、夜空を眺めながら、貫之と興風とが歌で議論し合っているとみるのも一興であろう。

*藤原興風―平安前期の歌人。三十六歌仙の一人。生没年未詳。

31

今日明けて昨日《きのふ》に似ぬはみな人の心に春ぞ立ちぬべらなり

【出典】貫之集・屛風歌四

今日、夜が明けて元旦を迎え、昨日とすべてが違って見えるのは、暦ばかりではない、すべての人の心に春が立ったからであろう。

天慶二年（九三九）内裏からの注文で詠《よ》んだ屛風歌中の一首。図柄は、元日のめでたい様子を描いたものであろう。

一年の間には、昔から暦の上での様々な節目があり、その都度人びとをして新たな気分にさせるものだが、元旦ともなれば、これはまた格別なもの。*『後拾遺和歌集』の春部の巻頭歌に「いかに寝て起くる朝《あした》にいふことぞ昨日を去年《こぞ》と今日を今年と」という*小大君《こだいきみ》の歌があるが、昨日のことを去年、今

【詞書】同じ御時（天慶二年）内の仰事にて、元旦。

*後拾遺和歌集―応徳三年（一〇八六）、白河天皇の勅命によって編集された、四番目の勅撰和歌集。

*小大君―平安中期の女流歌人。三十六歌仙の一人。生没年未詳。「こおおきみ」

日のことを今年などということができるのは、いったい一年の内、どんな時に起きていう言葉か、というのがその大意。元日の朝のいつにもまして改まった気持ちを伝えて、いかにも印象深い作といえよう。

この「今日明けて」の詠《えい》は、春を迎えて外界が変化したので人びとがそれと認識した、というのではなく、暦の上で春を迎え、人の心がそのことと認識したので、それに応じて外界も変化したように見える、という発想のもとに詠まれたもので、このように知的なひねりをきかせるのが、貫之の時代の特色でもあった。

『*拾遺和歌集』の巻頭歌*壬生忠岑《みぶのただみね》の「春立つといふばかりにやみ吉野の山もかすみて今朝《けさ》は見ゆらむ」も、まさにその典型的な例。大意《たいい》は、今日は立春、というただそれだけのことで、雪深い吉野山も、今日はかすんで見えるのだろうか、というもの。『古今集』の仮名序に「やまとうたは、人の心を種として、よろづの言の葉とぞなれりける」とあるのは、まさにこうした点をいうのである。

とも呼ぶ。

*拾遺和歌集―寛弘二年(一〇〇五)頃、花山院が自ら編集した、三番目の勅撰和歌集。

*壬生忠岑―平安前期の歌人。貫之と並ぶ古今集の撰者の一人。生没年未詳。

32

春ごとに咲きまさるべき花なれば今年をもまだ飽《あ》かずとぞ見る

【出典】貫之集・賀部

春が来るごとに、美しさがまさるに違いない梅の花なので、今年のでき具合を、まだまだ十分だとは思っていませんよ。

ここらで、『貫之集』の屏風歌から離れ、賀・離別・哀傷の各部に目を転じてみよう。まずは、祝意を込めた賀部の歌から。

この歌が詠《よ》まれた事情は、『貫之集』の詞書《ことばがき》によれば以下のとおり。かねてから貫之とは親交のあった*藤原兼輔《かねすけ》が、延喜《えんぎ》二十一年（九二一）正月に宰相*（参議《さんぎ》）に昇進した。そこで貫之が早速に兼輔邸にお祝いにかけつけたところ、「庭の紅梅が今年初めて花をつけたよ」と兼輔がいうので、詠んだのが

【詞書】藤原兼輔の中将、宰相になりて、よろこびにいたりたるに、はじめて咲いたる紅梅を折りて、「今年なん咲きはじめたる」といひいだしたるに。

（藤原兼輔中将が、宰相に昇進して、その祝賀に出かけたときに兼輔が、

この歌だという。

梅は春一番に咲く花。今年初めて咲いたこの花も悪くはないけど、何のこれしき、本当に花が美しくなるのは、来年、再来年とまだ先のことですよ、と貫之は詠《うた》うが、詠歌事情を知らずに、ただこれだけを卒然《そつぜん》と読めば、兼輔邸の紅梅を誉め讃《たた》えた歌かと受け取りかねまい。だが、詞書を念頭に置いてみれば、この歌、単に梅の花を称讃しただけの作ではなく、参議に昇進した兼輔の前途を讃え、まだこの先、中納言・大納言と昇進されるに違いない兼輔様であってみれば、参議程度の官職では、けっして満足すべきものではありませんよ、というのが貫之の真意。それをあからさまにいわずに、梅の花にこと寄せて、祝意を述べたのである。

何事によらず、間接的な表現法を好んだ平安時代の人びとは、この歌のように、ストレートに思いを表現せずに、その時々の自然界の景物に託して、自らの気持ちを詠ったのである。

初めて開化した紅梅を折って、「今年になって初めて咲いたんだよ」と披露したので、詠んだ歌）

＊藤原兼輔―平安前期の歌人。三十六歌仙の一人。承平三年（九三三）没。五十七歳。

＊参議―大納言・中納言の下で、政策に参与することを与えた公卿。

33

吹く風に氷とけたる池の魚《いを》は千代《ちよ》まで松の蔭に隠れむ

春のあたたかい風に氷もとけた池に遊ぶ魚は、いついつまでも長寿の松の庇護のもとに身を寄せましょう。

【出典】貫之集・賀部

天慶六年（九四三）正月、貫之のもとに、大納言*藤原師輔《もろすけ》から手紙がきて言うには、「魚袋《ぎょたい》を修理させようとして職人に渡したところ、出来上がりが遅くなり、大事な行事の日に間に合わない恐れが出てきたが、それを聞きつけた父上（*忠平《ただひら》）が『わしの持っているものを使え』といって下さったので、ありがたく使用させていただいた。さて、この魚袋を松の枝につけて返却したいのだが、何かこの場にふさわしい歌を」と。そこで貫之が詠《よ》んだのが、

【詞書】天慶六年正月、藤大納言殿の御消息にて、「年頃ありつる魚袋を繕はせむとて、細工に賜はせたりけるを、遅くもて来る間に、日高くなりにしかば、いぬる一日の日は付けずありしかば、大殿のこの由をきこしめして『わが昔よりよう

この歌だという。
　魚袋とは、貴族が晴《はれ》の場で身に付ける魚の形をした飾り物。それを松の枝に付けて返すというのだから、歌はそれにちなんで、「魚」と「松」とを詠みこんだ。初句の「吹く風」とは、時が正月（陰暦では春）のことゆえ、池の氷をもとかす暖かい春風を意味しよう。第四句の「千代まで松の」とあるのは、昔から松は常緑樹ゆえに千年もの齢《よわい》を保つめでたい樹といわれていた。この松は、当然のことながら父親であり、庇護者でもある忠平のことを暗示する。末句の「蔭に隠れむ」は、松の木蔭《こかげ》に身を寄せて、その庇護の下に入ろう、との意を表す。
　この歌は、自分のピンチを救ってもらった師輔が、父親に歌でお礼の意を表するにあたって、その代作を貫之に依頼してきたものだが、この時代、貫之のように、天下に名だたる歌詠みは、人に代わって歌を詠むなど、日常茶《さ》飯《はん》のこととしていたのである。

する』と仰せられて、『あえものに今日ばかりは付けよ』とて、使ひして賜はせたりしかば、喜びかしこまりて賜はりようして、又の日、松の枝に付けて返し奉る、その喜びの由、尚侍殿の御方にいささか聞こえむとなむ思ふを、しのびてその心書き出でて」とあるに奉る。

*藤原師輔―平安前期の歌人・政治家。右大臣。天徳四年（九六〇）没。五十三歳。
*忠平―平安前期の政治家。師輔の父で、太政大臣まで上った大物。天暦三年（九四九）没。七十歳。

34

かつ越えて別れも行くか逢坂《あふさか》は人だのめなる名にこそありけれ

【出典】貫之集・離別部

人と人とが「逢う」という名の逢坂の関を、一方ではこのように越えて別れて行くのか。「逢坂」なんて期待はずれの名前だったのだなあ。

次に離別《りべつ》部の歌をみよう。この離別というのは男と女の別れというのではない。男女の別れの歌は、当時の歌集では普通恋の部に収められることになっている。ここでの離別は、知人・友人が何かの都合で都から地方へ下る際に、その別れを惜しんで詠《よ》まれたものをいう。この歌は、藤原惟岳《これおか》*が東国の武蔵へ赴任する際に詠まれたもの。

初句の「かつ」は、二つの動作が並行して行われていることを示す副詞。

【詞書】藤原の惟岳が武蔵になりて下るに、逢坂の関越ゆとて。

*藤原惟岳―平安前期の歌人。生没年・伝未詳

ここでは、地名から「逢う」といっているのに、それに反して「別れ行く」ことをいう。「逢坂」はすでに出てきたが、和歌では、*人と人とが「逢う」意を掛ける。第四句の「人だのめなる」は、人にあてにさせるだけの、の意。「逢坂の関」というから、てっきりあなたに会えるものだと思って来たのに、この逢坂の地が別れて行くスタート地点だなんて…と、嘆いて見せたもの。

歌は、知人との別れを惜しんで詠んだものだが、ここは「逢坂」という地名に徹底的にこだわり、その地名の持つ矛盾点を衝《つ》いた、そこはかとないユーモアが、この歌の取柄《とりえ》であろう。その意味で、離別歌とはいえ、さほどの深刻さは見られない。

ただ、平安時代というのは、知人との別れに際しても、ただただ嘆いて見せるだけではなく、こうした一種の言葉遊びを織り交ぜて、気の利《き》いた一言を歌で表現して見せることが期待されていた、そんな時代だったのである。

＊人と人とが—蟬丸の有名な百人一首の歌「これやこの行くも帰るも別れては知るも知らぬも逢坂の関」も同じ。

35

明日知らぬ命なれども暮れぬまの今日は人こそあはれなりけれ

【出典】貫之集・哀傷部

明日をも知れぬわが命ではあるが、日の暮れぬ間の今日は、あの人のことが気の毒に感じられてならないことだよ。

【詞書】紀友則失《う》せたる時によめる。

次は哀傷《あいしょう》部の歌から。哀傷歌というのは、人の死を哀《かな》しみ傷《いた》んで詠《よ》んだ歌のことをいう。『万葉集』では、もっぱら挽歌《ばんか》という語を使っていたが、『古今集』の時代になって哀傷の語が使われ始め、以下、それを踏襲《とうしゅう》するようになった。

この歌は、貫之のいとこであり、同じ『古今集』の撰者でもあった紀友則《とものり》*の死を悼《いた》んで詠んだもの。友則の没年は正確なことは分からないが、この歌

*紀友則―01の歌に既出。

が『古今集』の哀傷部にも採られていることから、『古今集』が完成する以前には、すでに没していたことが判明する。

初・二句の「明日知らぬ命なれども」というのは、友人の死を嘆き悲しんでいる、このわが身とて、はたして明日まで生きながらえることができるかどうか分からないのに、の意。それに対して、第三句以下には、そうはいっても、命のある今日は、せめて友の死を心ゆくまで悼《いた》んでいたい、という作者の悲痛な想いを見て取ることができよう。

この歌の末句「あはれなりけれ」は、同じ『貫之集』の他の伝本では、「恋ひしかりけれ」とあり、また、先ほど触れた『古今集』では「悲しかりけれ」となっている。三者三様、いずれも十分に意はとおり、どれが本来の形かは決しがたい。むろん作者の貫之自身が推敲《すいこう》を重ねた結果、次々と改訂したとする可能性もなしとすまい。

36

君まさで煙《けぶり》絶えにし塩釜《しほがま》のうらさびしくも見えわたるかな

【出典】貫之集・哀傷部

あなたがお亡くなりになられて、塩焼く煙も絶えはててしまったこの塩釜の浦は、あたり一面まことにさびしく見えることですよ。

「陸奥《みちのく》のしのぶもじずりたれゆゑに乱れそめにし我ならなくに」という『百人一首』の歌でお馴染《なじ》みの*源融《みなもとのとおる》は、風流人士として世に知られ、生前、陸奥の塩釜《しおがま》の海岸を模《も》した邸を、賀茂河のほとりに営んでいたことから、「河原《かわら》左大臣」と称されたという。歌は、その融が寛平七年（八九五）八月に七十四歳で没した折のもの。

第二句の「煙絶えにし」であるが、塩釜の浦は昔から製塩が盛んで、その

【詞書】河原左大臣失せたまひて後に至りて、塩釜といひし所のさまの荒れにたるを見てよめる。

【語釈】○君まさで―あなたがいらっしゃらないで。「まさ」は「居る」の敬語「坐《ま》す」の未然形。○煙―古くは「けぶり」という。

海岸では藻塩焼く煙が絶えず立ちのぼっていたということから、ここは主《あるじ》の融が没した後のさびしさを象徴する意味で、このようにいったもの。第四句の「うらさびしくも」の「うら」は、いうまでもなく、海岸の意の「浦」と「うらさびし」の「うら」(この場合の「うら」は心の意)とを掛けた懸詞となっている。

末句の「見えわたる」の「わたる」は、あたり一面〜する、の意を持つ補助動詞。融の邸を塩釜の海岸に見立て、その藻塩焼く煙も今は絶えはてて、見わたすかぎりまことにさびしいかぎりですよ、と故人の死を哀悼する歌となっている。

ちなみに、主を亡くしたこの河原院は、その後も荒れはてる一方であったが、半世紀ほど後に、*曾禰好忠《そねのよしただ》や*平兼盛《かねもり》・*安法《あんぼう》法師・*恵慶《えぎよう》法師など、融の風流心を慕う歌人たちが、互いに交流を暖めるべく、競《きそ》ってこの邸跡に集ったというが、現在では、これらの歌人たちを、「河原院グループの歌人」と呼びならわしている。

*源融―平安前期の歌人・政治家。寛平七年(八九五)没。七十四歳。貫之よりやや前の世代の人。

*曽禰好忠―平安中期の歌人。生没年未詳。

*平兼盛―平安中期の歌人。三十六歌仙の一人。正暦元年(九九〇)没。年齢未詳。

*安法法師―平安中期の歌人。源融の子孫。生没年未詳。

*恵慶法師―平安中期の歌人。生没年未詳。

37

石上《いそのかみ》古く住みこし君なくて山の霞は立ちゐわぶらむ

【出典】貫之集・哀傷部

石上の地に昔から住んできたあなたが亡くなり、山の霞も春を迎えて立ったものかどうか、さぞかし困っていることであろう。

【詞書】素性失《う》せぬと聞きて、躬恒がもとにおくる。

【語釈】○立ちゐ―「ゐ」は居るの意。立つか坐るか、まよっている様を表す。

*素性法師―平安前期の歌人。三十六歌仙の一人。生没年未詳。百人一首の「今

*素性《そせい》法師は僧正*遍昭《へんじよう》の子で、『古今集』を代表する歌人の一人。その素性が先祖ゆかりの地、大和《やまと》の石上で亡くなった折、貫之が躬恒《みつね》と詠《よ》み交わしたのが、この歌。

初句の「石上」は、今の奈良県天理市の古名。その石上には、布留《ふる》という地があり、ここは『百人一首』でもお馴染みの遍昭・素性父子が出た良岑氏の出身地でもあった。第二句の「古く」には、当然のことながら地名の「布

留」が掛けられている。

季節はあたかも春、普通であれば、ポカポカ陽気に誘われて、布留の山辺にも、春の霞が立つところであろうが、喪に服している今日だけは、さすがの霞も立とうかどうかと困っているだろう、と哀悼の意を表して、貫之はこの歌を親友の躬恒に贈ったのである。末句が「わぶらむ」と推量表現になっているのは、京の都にいる貫之が、遥か離れた石上の地を思いやって詠《よ》んだからにほかならない。

では一方、貫之からこの歌を送られた躬恒は、はたしてどう答えたか。*「君なくて布留の山辺の春霞いたづらにこそ立ちわたるらめ」と。これが躬恒の返歌だが、あなた（素性）がいなくて、布留の山辺の春霞も、あたり一帯ただただ空しく立ち込めていることでしょう、というのが一首の大意。普段なら人々に愛《め》でられてしかるべき春霞も、時が時だけに、立ちがいもない、というのである。

来ぬと言ひしばかりに」の歌で有名。

＊僧正遍昭―平安前期の歌人。六歌仙の一人。寛平二年（八九〇）没。七十六歳。

＊君なくて布留の山辺の―この歌は躬恒集にも見えている。

38

恋《こ》ふるまに年の暮れなば亡き人の別れやいとど遠くなりなむ

【出典】貫之集・哀傷部

亡き人を恋い慕っている間に年が暮れてしまったなら、亡き人との別れは、いっそう遠いものとなってしまうことでしょうよ。

藤原兼輔《かねすけ》は利基《としもと》の子で、元慶《がんぎょう》元年（八七七）の生まれ。従三位《じゅさんみ》・中納言に至って、承平三年（九三三）二月に五十七歳で亡くなった。歌人としても当時名を馳《は》せた人だが、それよりも、当時何かにつけて不遇をかこっていた貫之を慰め、励ましてくれた、貫之にとっては、掛け替えのない庇護者ともいうべき人物であった。

この歌は、その兼輔*の妻が亡くなった年の大晦日《おおみそか》に、兼輔邸に赴《おもむ》いた貫之

【詞書】兼輔の中将の妻失せにける年の師走のつごもりに、至りて物語するついでに、昔を恋ひしのび給ふによめる。

*兼輔―32の解説にも出る。

が、亡き妻を恋い忍び、嘆き悲しんでいる兼輔の様子を見て、詠《よ》んだものである。

初句の「恋ふるまに」は、いうまでもなく兼輔が亡き妻を恋い慕っている間に、の意。第二句の「年の暮れなば」は、一年という年月が終わってしまったなら、ということだが、最愛の妻を亡くした兼輔にとって、年が改まるということは、亡き妻の存在がよりいっそう遠いものとなることを意味しよう。末句の「なりなむ」の「なむ」は、完了の助動詞「ぬ」と推量の助動詞「む」とが結びついたもので、「〜に違いない」と、ここは強調表現となっている。

知人との離別歌や友人の哀傷歌など、憂情を表現する場合でも、ともすれば懸詞その他技巧を凝らしたがる*のが、古今集時代の歌人一般のありようだが、ここはそうした技巧をいっさい排し、兼輔の心情に即して、その妻の死を素直に悼《いた》む作となっており、読者の共感を誘う。

*技巧を凝らしたがる—前の歌や前々歌でも貫之は「ふる」「うら」などの懸詞を使っている。

39

唐衣《からごろも》新しくたつ年なれどふりにし人のなほや恋しき

新しく立つ年ではあるが、心はそれに反して、亡くなった人、すなわち兼輔様のことが、やはり恋しいことでしょうね。

【出典】貫之集・哀傷部

【詞書】同じ中納言失せたまへる年の又の年のついたちの日、かの中納言の御家にたてまつりける。

藤原兼輔の亡くなったのは、前歌でも述べたように、承平三年（九三三）二月のことであった。ここはその翌年の正月、新年を迎えて、貫之が兼輔の家人に宛《あ》てて詠《よ》んだもの。

初句の「唐衣」は、もと中国製の衣服の意であったが、後には単に衣服一般のことをいうようにもなった。ここは第二句の「たつ」を引き出すための枕詞的用法。また、この「たつ」には、年が新しく「立つ」意と、衣を「裁《た》つ」意とが掛けられている。さらに第三句の「ふりにし人」の部分であるが、この「ふり」は、「古り」の意で、「ふりにし人」とは、故人すなわち兼輔のことを指すことになろう。

歌は、春を迎えて年は「新しく」なったけれど、それにもかかわらず、あなたは「古りにし人」すなわち亡くなられた御主人の兼輔様のことが、やはりまだ恋しいのでしょうね、と*新と旧とを対比させて、悲しみに眩《く》れる兼輔の家人をとぶらったもの。

本来なら喜んでしかるべき新年であるにもかかわらず、知人、家人を亡くした身にとってみれば、年が改まることは、それだけ故人の不在感を感じさせることになったに相違あるまい。今と違って、父母や夫などの死には、実に一年ものあいだ喪に服していた時代だけに、新年を迎えたぐらいで、人びとの悲しみは、そう簡単に癒《いや》されたりはしなかったのである。

*新と旧とを対比させて―31の歌にも、この「新」と「旧」との対比が見られる。

40

影見れば波の底なるひさかたの空こぎわたる我ぞわびしき

【出典】土佐日記・承平五年正月一七日

海をのぞいてみれば、波の底にも空が映り、その大空を船にのってこぎわたる私とは、また何とわびしい存在であることか。

*土佐守《とさのかみ》の任を終えた貫之が、承平四年（九三四）十二月に土佐の国府《こくふ》を立ち、翌年二月に帰京するまでの船旅を、船中のさる女性が書き記したという体裁で綴《つづ》ったのが、『土佐日記』である。以下、日記中の歌をいくつか取り上げてみよう。

掲出歌は、承平五年の正月十七日、土佐の*室津《むろつ》で詠《よ》んだもの。天候の加減で数日間足止めを食った後、ひさしぶりに好天に恵まれた夜明け方の詠《えい》であ

*土佐守―土佐の国の国守、国司。後には受領とも呼んだ。貫之が土佐守についたのは、古今集完成後二十五年近くたってからのことである。

*室津―現在の高知県室戸市室津のことという。

る。

初句の「影見れば」は、舷《ふなばた》から海をのぞき、そこに映った大空を見ると、の意。第三句の「ひさかたの」は、光や月・空など、天空にかかわるものに掛る枕詞。下句は、大海原を航海しつづける人はとかく不安感に襲われるものだが、今、自分の場合、水の上どころか、遥か天上をこぎわたってゆくのだから、そのわびしさといったらたとえようもない、というのである。長の船旅をする者の、いつの時代にも変わらぬ孤独な心理を、ものの見事に言い当てた佳作《かさく》といえよう。

だが、この歌の背景には典拠となった漢詩がある。というのも、この歌の直前、作者は海底に映った月を見て、「むべも、昔の男は、『棹《さを》ハ穿《うが》ツ波ノ上ノ月ヲ、舟ハ圧《おそ》フ海ノ中《うち》ノ空ヲ』とはいひけむ」と記しているからで、この「棹ハ穿ツ…」は唐の詩人*賈島《かとう》の詩の一節にほかならない。日記の歌は、実はこの詩の後半部に拠《よ》るところが大きいのである。

*賈島―中唐時代の漢詩人。推敲の逸話で知られる人物。八四三年没。六十五歳。

41

君恋ひて世を経《ふ》る宿の梅の花昔の香になほにほひける

【出典】土佐日記・承平五年二月九日

あなたを恋い慕って長の年月を経てきたこの宿の梅は、昔と変わらぬ香で咲きにおっていることですよ。

承平五年（九三五）二月六日、無事難波《なにわ》に到着した前土佐守一行は、さらに淀川を遡り、京を目指すことになるが、九日には*渚《なぎさ》の院の前を通過した。この渚の院とは、文徳天皇の第一皇子である惟喬《これたか》親王の別荘で、ここでの親王と*在原業平との交流の様は、『伊勢物語』の第八二段にも描かれ、人びとのよく知るところとなっていた。

だが、時の流れはいかんともしがたく、親王も業平も今は帰らぬ人とな

*渚の院―大阪府枚方市渚元町にあったとされる、もと惟喬親王の離宮。

*在原業平―平安前期の歌人。六歌仙の一人。天慶四年（八八〇）没。五十六歳。

り、渚の院も荒廃した。往時《おうじ》をしのぶよすがとては、わずかに残る中庭の梅の木ばかり。その梅の木を見て、一行の中のある人が詠《よ》んだのが、この歌だという。

初句「君恋ひて」の「君」は、いうまでもなく惟喬親王のこと。今は亡き親王を、年月を経《へ》た今でも、宿すなわち渚の院の梅が恋い慕っている、というのが上句の大意である。親王亡き後は、この院を訪れる人もなく、ただ荒廃するにまかせていたのであろうが、庭に咲く梅の花だけは、親王在世当時のままに、そのすばらしい香を漂わせていた、と詠者はしばし感慨にふけり詠《うた》うのである。

宿は荒れ、人の訪れは絶えても、花だけは昔のままだ、というこのテーマは、すでに見た貫之の「人はいさ」の歌（05参照）を想い出さずにはいられない。かれとこれとに共通しているテーマは、人の心の頼みがたさ、ないしは人の営みのはかなさ、というものに対する、自然界の悠久さ、といったところにあろう。

＊年月を経た今――惟喬親王の死は八九七年だから、ほぼ四十年近くたっていることになる。

42

なかりしもありつつ帰る人の子をありしもなくて来るがかなしさ

【出典】土佐日記・承平五年二月九日

都から下向する時はいなくても、帰京する時には連れて帰る子を、逆に、下向する時にはいても、それをなくした状態で帰る、その悲しさよ。

『土佐日記』全体のテーマについては、昔から研究者によってさまざまな説がなされているけれど、その内の一つに、亡児哀悼の問題がある。日記によれば、*前土佐守夫妻は、任地の土佐で幼い女児を亡くしたといい、それに関する記事は、早くも承平四年（九三四）十二月二十七日の条に顔を出す。「京にて生まれたりし女子《をんなご》、国にてにはかに失《う》せにしかば、この頃の出で立ちいそぎを見れど、何ごともいはず。京へ帰るに、女子のなきのみぞかなしび恋

【語釈】なかりしもありつつ―前はいなかったのに今は生まれていて、ということ。「なし」と「あり」の対比である。

*前土佐守夫妻―実際には貫之夫妻のことであるが、土佐日記は仮託の書であるので、日記中では「前土佐守

ふる」と。

以後、亡児に関する記事は、日記に折に触れて見られ、都が近づくに従って、前土佐守夫妻の憂愁は色濃くなる一方だが、前述した渚の院の記事に引き続き掲げられているのが、この歌である。

初・二句の「なかりしもありつつ帰る」は、一読意味を取りかねようが、この歌の直前の文章に、「かく、上《のぼ》る人々の中に、京より下りし時に、みな人、子どもなかりき。到れりし国にてぞ、子生める者ども、ありあへる」とあるのによれば、何とか意味はつかめよう。この初・二句が土佐守の従者たちのことをいっているとすれば、第四句の「ありしもなくて」とは、任地で娘を亡くした土佐守夫妻の悲しい様《さま》を指すことになろう。

このように、日記の中でかなりの比重を占める亡児哀悼記事ではあるが、実は、これについては昔から虚構説があり、亡児哀悼という形を借りて、貫之が晩年の喪失感（たとえば貫之の庇護者兼輔の死など）を表したとみるむきもあることを付け加えておこう。

夫妻」と第三者ふうに描かれている。

43

こと夏はいかが聞きけむ郭公《ほととぎす》こよひばかりはあらじとぞ思ふ

【出典】貫之集・雑部

これまでの夏は、どんなふうにホトトギスの鳴き声を聞いていたのであろうか。いずれにしても今年ほどすばらしいものとは思われないことだよ。

以下は『貫之集』の雑《ぞう》部から。延喜五年（九〇五）醍醐《だいご》天皇の命により、わが国初の勅撰和歌集が編まれることになった。ことに当たった撰者は、紀友則《とものり》・同貫之・凡河内躬恒《おうしこうちのみつね》・壬生忠岑《みぶのただみね》の四人。宮中の承香殿《しょうきょうでん》の東隣の建物で編集作業を行うことになったが、初日から業務は深夜にまで及んだ。時は四月（旧暦では初夏）の六日のこと。折しも仁寿殿《じじゅうでん》のもとの桜の木には、早くもホトトギスが鳴き、これには帝を始め、撰者一同いたく感激したが、

【詞書】延喜御時、やまと歌知れる人を召して、昔今の人の歌、たてまつらせ給ひしに、承香殿の東なる所にて歌えらせ給ふ。夜のふくるまでとかういふほどに、仁寿殿のもとの桜の木に郭公の鳴くをきこしめして、四月六日の夜なりければ、

その折の感慨を歌に詠《よ》んで、帝にたてまつったのが、この歌だと詞書はいう。

初句の「こと夏」は、「異夏」で、今年とは違う夏、すなわちこれまで過ぎ去ってきた夏の意。第二・三句の「いかが聞きけむ郭公」は、今聞いているホトトギスには、我々一同大いに感激しているが、これまでは、この鳴き声を何と聞いていたことだろう、というもの。対する下句は、帝の命を受けて、名誉ある勅撰集の編纂作業に従事した、その初日である今宵《こよい》ほどには、ホトトギスもすばらしい鳴き声ではなかったであろう、というもの。

ここには、勅撰集の撰者という、類《たぐい》なき栄誉を手に入れた者の興奮と感激と、そして少なからぬ喜びとがうかがえ、まことにほほえましいかぎりであるが、後年、貫之が歌人として確たる名声を博することになる、その大きなきっかけとなったのが、実は、この『古今集』撰者拝命の一件だったのである。

めづらしがり、をかしがらせ給ひて、召し出でてよませ給ふに、たてまつる。

【語釈】○こよひばかりはあらじ―今宵の鳴き声ほどすばらしい声はあるまい、という意。「今宵ばかり良きことはあらじ」の「良きこと」が略されている。

44

かきくもりあやめも知らぬ大空にありとほしをば思ふべしやは

【出典】貫之集・雑部

あたり一面暗くなり、何が何やら区別もつかぬ大空に、星が出ているとは、いったいだれが思おうか。

所用で紀伊の国（今の和歌山県）に下向した折のことである。帰京の途次、貫之が乗っている馬の様子が急変し、先に進まなくなってしまった。道行く人びとがいうには、「これは、ここにいる蟻通《*ありとおし》の明神のなせるわざ。困ったことだが、神様にお祈りするよりほかあるまい」と。だが、神に祈ろうにも供物《くもつ》はなし。しかたがないので、貫之はこの歌を詠《よ》んで、神にたてまつったという。

【詞書】紀国に下りて、帰り上りし道にて、にはかに馬の死ぬべくわづらふ所にて、道ゆく人々立ち止まりていふやう、「これはここに坐《いま》すがる神のし給ふならむ。日頃社《やしろ》もなく、しるしも見えねど、いとうたてある神なり。祈り申し給

第二句の「あやめ」とは、物事の道理のこと。したがって、「あやめも知らぬ」とは、何が何だか分からない、といった意になる。また、第四句の「ありとほしをば」は、「星をばありと」の倒置形だが、これは、ここに土地の神の名である「蟻通」を詠み込むための工夫といえよう。さらに末句の「思ふべしやは」は、反語的表現で、思うはずがない、ときっぱり否定してみせている。

さて、この歌を神に手向《たむ》けてどうなったか。『貫之集』によれば、「馬の心地止みにけり」で、貫之も無事帰京の旅を終えることができたとか。まことにめでたいかぎりだが、このように、人びとが詠んだ歌に神仏が感応し、その結果、何か御利益をこうむるという話は、この時代けっして少なくはなく、こうした類の話を、研究者は*歌徳《かとく》説話と呼んでいる。

なお、ここに出てくる蟻通の明神の起源については、『枕草子』の「社《やしろ》は」の段に詳しい。是非とも参照されたい。

へ」といふに、幣《ぬさ》もなければ、何わざすべくもあらず、ただ手洗ひてひざまづきて、神坐《いま》すがりげもなき山に向かひて、「そもそも何の神とかきこえむ」といひければ、「蟻通の神となむ申す」といひければ、これを聞きて詠みてたてまつる歌なり。そのけにや、馬の心地止みにけり。

*蟻通の明神―大阪府泉佐野市長滝にある神社。

*歌徳説話―歌には神仏を動かす力があり、徳をもたらすとする考えを説いた説話。

45

霜枯れに見えこし梅は咲きにけり春にはわが身あはむとはすや

【出典】貫之集・雑部

霜にあたって枯れたように見えていた梅の木も花をつけたことだよ。はたしてこのわが身は春にあうことができるのであろうか。

【詞書】師走《しわす》のつごもり方、身を恨みてよめる。

古典和歌には、述懐歌《じゅっかいか》と呼ばれる種類の歌がある。「述懐」とは「懐《おも》いを述べる」意であるが、この「懐い」というのは、かなり限定されていて、普通は身の不遇や老いの嘆きなどをいう。何も貫之に限ったことではないが、友則《とものり》・躬恒《みつね》・忠岑《ただみね》など、勅撰集の撰者となるような人は、文学的な才能に恵まれてはいても、ともすれば世事にうとく、したがって、役人としての出世レースには後《おく》れをとることが多かった。かくして、彼らの私家集《*しかしゅう》をひもとい

*私家集―貫之なら、貫之の歌を中心に集めた個人歌集のこと。単に家集ともいう。

てみると、述懐歌と呼ばれる歌が、あちらこちらに散見することになるのである。

さて、この歌は、いつの年のことかは不明ながら、大晦日《おおみそか》にわが身の不遇を思って、貫之が詠《よ》んだものである。初・二句の「霜枯れに見えこし梅」とは、冬の間霜に打たれてすっかり枯れ果てたように見えていた梅も、の意。そんな梅でも明日から春ともなれば、さすがに枝には花がちらほらと見えている。つまり梅の木だけは、確実に春という季節の恩恵に浴しているわけだが、一方、このわが身はどうか。もう春だというのに、出世はおぼつかなく、はたしていつになったら、本当の春にあえるのか、と梅に引き比べて、わが身の不遇を嘆いたのが、この歌なのである。

平安時代、春の県召《あがためし》といって、地方官の人事異動は春に行われていた。一年が終わり、春が近づくと、思わず溜息が出たりするのも、そのせいである。

＊県召―県召の除目《ぢもく》の略。諸国の国司を任命する儀式。

46

高砂《たかさご》の峰の松とや世の中を守《まも》る人とやわれはなりなむ

【出典】貫之集・雑部

あの高砂の峰の松のように、世の中を見守るだけの人と、このわが身はなってしまうのであろうか。

前歌と同じ折に詠《よ》まれた歌をもう一首。『百人一首』に「たれをかも知る人にせむ高砂の松も昔の友ならなくに」という藤原興風《おきかぜ》*の歌がある。大意は、だれを昔からの知人としようか。高砂*の松でも、昔からの友というわけではないのだから、といったところ。

人間だれしも長生きを願わないものはいないが、さればとて、あまりに長く生きすぎると、周《まわ》りに知り合いはいなくなり、結局、老残の身を一人さび

＊藤原興風―古今集撰者時代に活躍した有力歌人。生没年未詳。30の解説にも出る。

＊高砂―兵庫県高砂市の加古川河口の地。松で有名であった。

しくかこつことになってしまう。

掲出歌の初・二句は、あの有名な高砂の峰の松と同様に、というのだが、同様に何なのかといえば、いうまでもなく、長生きした今は、の意となろう。第四句の「守る人」の「守る」は、この歌のポイントとなる言葉。「守る」とは、本来「目《ま》・守《も》る」で、何かことが起きないように、じっと目を見据えてガードすること。いいかえれば、直接ことには参加せず、一歩も二歩も後ろに引き下がって、事のなりゆきを見守るよりほかない、ということにもなろう。

今は年老いた身、若者に混じって、あれやこれやと口出しもならず、ただただ離れた所から、じっと見守るよりほかない、そんな身となってしまうのか、とこれは老人の孤独を詠んだ歌なのである。

述懐歌とは、身の不遇や老いの嘆きを詠んだもの、とは先に述べたところだが、身の不遇を詠んだのが、前歌とすれば、この歌など、まさに老いの嘆きを詠《うた》った典型的な例といえよう。

47

家ながら別るる時は山の井の濁りしよりもわびしかりけり

【出典】貫之集・雑部

家にいるままであなたとお別れするのは、あの山の井の清水が濁り、もの足りなく思った時よりも、いっそうわびしいことですよ。

*三条の内侍《ないし》と呼ばれる女性が、*方違《かたたが》へのために、貫之の家に一泊した、その翌日のことである。内侍が車に乗ろうとするその別れ際に、「あの『しづくに濁る』のようなすばらしい歌は、もう二度とあなたには詠《よ》めないでしょうね」と、いささか挑発的な言辞を弄《ろう》してきたので、貫之が詠んだのが、この歌だという。

内侍のいう「しづくに濁る」の歌というのは、すでにこの本でも取り上げ

【詞書】三条の内侍の方違へに渡りて、つとめて帰るに、ものなどいふついでに、『しづくに濁る』といふ歌ばかりは、今はさらにえよみたまはじ」などいひて車に乗るによめる。

＊三条の内侍―三条右大臣藤原定方の娘で、醍醐天皇の

た「むすぶ手のしづくに濁る山の井の飽かでも人に別れぬるかな」（11参照）を指す。この「しづくに濁る」の歌は、『古今集』に採《と》られていたが、その後、世間でもよほど評判を呼んだらしく、その結果が前引のごとき内侍の発言となったのである。

貫之が「しづくに濁る」の歌を詠んだのは、志賀の山越えでのこと。その折に偶然知り合った女性との別れは、えもいわずわびしいものであったが、今、こうして私の家で、あなたとお別れするのは、それよりもさらにわびしいことですよ、というのが一首の大意であろう。

では、貫之は三条の内侍を本気で口説いているのかといえば、さにあらず。あたかも仲のよい恋人同士が別れを惜《お》しんでいるかのごとくに装いながら、その実、旧歌を材料に、ほんの一時洒落《しゃれ》た大人の会話を二人で楽しんだ、というのが実状に近かろう。この時代、和歌にはこうした社交的な我意《がい》のないやりとりをお互いに楽しむ機能が求められてもいたのである。

女御というが不詳。

＊方違へ―自分の行くべき方角が、陰陽道で凶と出た場合、前夜に他に宿って、方角を変えること。

花も散り郭公《ほととぎす》さへいぬるまで君にゆかずもなりにけるかな

【出典】貫之集・雑部

花も散り、ホトトギスの姿も見えなくなった今日まで、あなたのもとをお訪ねすることもなく、むなしく月日が過ぎ去ってしまったことですよ。

【詞書】雅正の主《ぬし》のもとに久しう行かざりけるによめる。

ここからは貫之最晩年の作である。年次は不明ながら、病に臥《ふ》せって、親友の藤原雅正《まさただ》*のもとを長らく訪ねることもせずにいた頃、雅正に宛《あ》てて詠《よ》んだのが、この歌。

初句の「花も散り」とは、春を代表する景物の花（おそらく桜であろう）が散るまで、というのだから、これは春が過ぎ去るまで、の意。続く第二句の「郭公さへいぬるまで」とは、夏の鳥として親しまれているホトトギスが

＊藤原雅正—平安前期の歌人。兼輔の子。応和元年（九六一）没。年齢未詳。

姿を消すまで、というのだから、こちらは夏の間ずっと、ということになろう。つまり、貫之の病気は、年が明け、春から夏の間にかけて、実に半年もの間続いた、ということになろう。

貫之に限らず、長い間病気で臥せっている人には、親しい友の存在が気にかかるものである。そこで無沙汰《ぶさた》をわびがてら、貫之が手紙に歌をしたため、これを雅正に送ったというのであろう。

では、雅正の方は、いったい、どんな歌を返してよこしたのか。「花鳥の色をも音《ね》をもいたづらにもの憂《う》かる身はすぐすなりけり」というのが、それ。初・二句の「花鳥の色をも音をも」とは、春の花の色も、夏の鳥の声も、の意。第四句の「もの憂かる身」とは、あなたにお訪ねいただけなくて、すっかり落ち込んでいるこのわが身は、とでもなろうか。そんな私だから、この間、花鳥風月を楽しむ気にはなれず、むなしく日々を過ごしていました、というのである。すっかり御無沙汰してしまいましたという貫之に対し、私の方もとんと風流には無縁になりまして、というこの二人のやりとりは、気心知れた同士の深い労《いたわ》り合いがうかがえ、読む者をして大いに心を和《なご》ませてくれよう。

49

またも来む時ぞと思へど頼まれぬわが身にしあれば惜しき春かな

【出典】貫之集・雑部

過ぎ去ってもまたやって来る春だとは思うものの、来年まで生きていることを期待できる身ではないので、しきりに過ぎゆく春が惜しまれることだよ。

【詞書】三月つごもりの日、人にやる。

＊兼輔―堤中納言藤原兼輔。承平三年（九三三）没。五十七歳。32の歌のところですでに登場した。

役人としては生涯身の不遇をかこった貫之のことを何かと案じてくれていた、貫之のいわば庇護者ともいうべき＊兼輔《かねすけ》の家人《かじん》に宛てて詠《よ》んだ歌。時あたかも今日で春が終わろうとする日のことである。

王朝和歌の世界には、さまざまな約束ごとがある。たとえば、過ぎ行く春、これはだれしもひとしなみに惜しむもの、ときまっており、間違っても夏の到来を喜んだりするものではなかったのである。

末句に「惜しき春かな」とあって、この歌の場合も、一応はその約束ごとに則《のっと》って詠まれているわけだが、しかし、この時の貫之には、そうした一般的な作法とは別に、このように詠まざるをえない、まことに切実な特殊事情というものがあったのだ。

それが第三句から四句にかけての「頼まれぬわが身」という表現。この「頼む」という語は、王朝文学に頻出《ひんしゅつ》する、はなはだ重要な語で、四段に活用すれば、自分が相手を「あてにする」の意となり、下二段だと、相手に自分を「あてにさせる」と意味が変わるが、ここは前者の方。この時貫之はすでに篤《あつ》い病の床にあり、そのことが、来年にはまた来る春と知りながら、「頼まれぬわが身」、すなわち一年後を期待もできない身、という言い方になったものと思われる。

この歌は、『後撰集』にも採られているが、そこには「貫之、かくて同じ年になむ身まかりにける」という左注《さちゅう》*があって、この歌を詠んでから、半年を経《へ》ずして貫之の没したことが知られるのである。

*左注―和歌の前書である詞書とは別に、和歌の後に記された注。和歌の左側に位置するので、この名称がある。

50

手にむすぶ水に宿れる月影のあるかなきかの世にこそありけれ

【出典】貫之集・雑部

手にすくいとった水に映っている月影のように、存在するのかどうかも定かでない、まことにたよりない世の中であることだよ。

【詞書】世の中心細く、常の心地もせざりければ、源公忠朝臣のもとにこの歌をやりける。この間に病重くなりにけり。

病篤《あつ》く、死期を悟った貫之が親友である源公忠《きんただ》*に宛《あ》てて詠《よ》んだ歌であるが、貫之の歌には、本書でも取り上げたように、「袖ひちてむすびし水の」(04参照)とか、「むすぶ手のしづくに濁る」(11参照)など、「手のひらにすくいとった水」のイメージがしばしば登場する。ここもそうした例で、手のひらのごときわずかな水に映った月の姿などは、存在するといえば存在するし、しないといえばしないように、まことにはかなくたよりないものであ

＊源公忠―平安前期の歌人。三十六歌仙の一人。天暦二年(九四八)没。六十歳。

る。

第三句「月影の」の「の」は、和歌にはしばしば出てくる*比喩《ひゆ》の「の」で、上三句までは、次の「あるかなきか」を導き出すための序詞《じょし》の働きをする。すべてこの世は、水に映る月影のごとくにはかないものであるが、そんなはかない世にも似て、この私もまた何とはかない身であることよ、と頼むに足りない、無常の世を嘆いた歌である。

この歌を載せる『貫之集』雑部《ぞうぶ》の*左注によれば、源公忠がこれに返事を出そうと思いつつも、雑事に紛れて急ぎもしない内に、貫之はこの世を去ってしまったのだという。それは天慶九年（九四六）の秋のことであるが、『古今和歌集』の撰者として、また屏風歌の作者として名声を博した歌壇の巨匠にしては、あまりにも淋しい死であった。

が、嘆くにはあたるまい。そのことは、貫之自身すでに「あるかなきかの世にこそありけれ」と、この辞世の歌の中で深く認識していたのだから。

*比喩の「の」―柿本人麿の「あしびきの山鳥の尾のしだり尾の長ながし夜をひとりかも寝む」に同じ。15にも既出。

*左注―後に人のいふを聞けば、この歌は返しせんと思へど、いそぎもせぬ程に失せにければ、おどろき哀れがりて、かの歌に返しよみておたざにて誦経して、河原にてなむ焼かせける。

歌人略伝

貫之の生年は未詳だが、およそ貞観十三年（八七一）ごろかという。父は『古今集』にも歌がのる望行《もちゆき》。母は内教坊の伎女《ぎじょ》か。なお、友則は貫之のいとこにあたる。貫之の名を一躍有名にしたのは『古今集』撰者の任命であろう。この時彼は御書所《ごしょどころ》預《あずかり》であった。その後の経歴は『三十六人歌仙伝』に詳しい。それによれば、延喜六年（九〇六）越前権少掾《ごんのしょうじょう》、同七年内膳典膳、同十年少内記《しょうないき》、同十三年大内記へと昇進し、同十七年には待望の従《じゅ》五位下に叙せられた。また同年加賀介《かがのすけ》に任ぜられたが、愁訴して翌年美濃介に移っており、この間の事情を語った歌が、「降る雪や花と咲きてはたのめけむなどかわが身のなりがてにする」の詠である。美濃介解任後はしばらく散位《さんい》となって不遇をかこっていたようだが、延長元年（九二三）には大監物《けんもつ》、同七年には右京亮《うきょうのすけ》となり、さらに同八年には土佐守に任ぜられ、同地に赴任することになった。『土佐日記』によれば、任地で女児を亡くしたというが、これには虚構説もあり、日記の記事をそのまま伝記的事実とするわけにはいかない。土佐守の任を終えた貫之が都へ向けて出発したのは、承平四年（九三四）十二月のことだった。以後、翌年の二月に帰京するまでの船旅の様子は、『土佐日記』に詳しい。帰京後の貫之は官途に恵まれず、猟官運動をして過ごす日々もあったらしいが、天慶元年（九三八）には、朱雀院別当に補せられ、同三年には玄蕃頭《げんばのかみ》にもなった。同六年には従五位上に叙せられ、同八年木工権《もくのごんの》頭《かみ》に任ぜられたが、同九年没した。享年は七十六歳ぐらいである。歌人としての名声にくらべ、生活人としての彼はあまりめぐまれることのない、そんな人生であったと評せよう。

略年譜

年号	西暦	年齢	貫之の事跡	歴史事跡
貞観一三	八七一	1	この頃誕生か（父は紀望行）	
元慶　元	八七七	7		藤原兼輔誕生
四	八八〇	10		在原業平没
寛平五年	八九三	23	寛平御時后宮歌合に出詠	
七年	八九五	25		源融没
九年	八九七	27		惟喬親王没
昌泰元年	八九八	28	朱雀院女郎花合に出詠	
延喜元年	九〇一	31		菅原道真大宰権帥
三年	九〇三			菅原道真没
五年	九〇五	35	古今和歌集を撰進する この時、御書所預となる	
六年	九〇六	36	越前権少掾となる	
七年	九〇七	37	内膳典膳となる 大堰河御幸に供奉する	

十年	九一〇	40	少内記となる	
十三年	九一三	43	亭子院歌合に出詠	
十七年	九一七	47	従五位下。加賀介に任命	
十八年	九一八	48	美濃介となる	
延長元年	九二三	53	大監物となる	
七年	九二九	59	右京亮となる	
八年	九三〇	60	土佐守となる 新撰和歌編纂の命が下る	醍醐天皇崩御
承平三年	九三三	63		藤原兼輔没
四年	九三四	64	土佐の国府を出発	
五年	九三五	65	帰京 この頃土佐日記なるか	
天慶二年	九三九	69		平将門・藤原純友の乱
三年	九四〇	70	玄蕃頭となる	
六年	九四三	73	従五位上	
八年	九四五	75	木工権頭	
九年	九四六	76	死去	

解説　「平安文学の開拓者　紀貫之」――田中　登

はじめに

かかるに、今すべらぎの天《あめ》の下しろしめすこと、四つのとき、九のかへりになむなりぬる。あまねき御慈《うつく》しみの波、八洲《やしま》のほかまで流れ、ひろき御恵みの蔭、筑波山の麓《ふもと》よりも繁くおはしまして、万《よろづ》の政《まつりごと》をきこしめすいとま、もろもろのことを捨てたまはぬ余りに、古《いにしへ》のことをも忘れじ、旧《ふ》りにしことをも興《おこ》したまふとて、今もみそなはし、後の世にも伝はれとて、延喜五年四月十八日に、大内記《だいないき》紀友則、御書所預《あづかり》紀貫之、前甲斐少目《さうくわん》凡河内躬恒、右衛門府生《ふさう》壬生忠岑らに仰せられて、万葉集に入《い》らぬ古き歌みづからのをも奉らしめたまひてなむ。

右は、『古今集』仮名序の一節。これによれば、わが国初の勅撰和歌集たる『古今和歌集』は醍醐《だいご》天皇の命により、延喜五年（九〇五）に成立したものと知られるが、この『古今集』の成立に当たって、四人の撰者の中でも、もっとも重要な役割を果たしたと思われる、紀貫之の多彩な文学活動を概観し、その意義について考えてみることにしたい。

歌合への出詠

歌人たちが左右のグループに分かれ、互いに詠み合った歌の優劣を競う歌合《うたあわせ》は、九世紀の後半、『古今集』成立の直前から盛んになり始めたのだが、実のところ、貫之の歌界デビューも、寛平五年（八九三）九月以前に催された『寛平御時后宮歌合《かんぴょうのおおんときききさいのみやのうたあわせ》』での「夏の夜のふすかとすれば郭公《ほととぎす》なくひと声にあくるしののめ」の詠あたりと目されている。

その後も貫之はいくつかの歌合に出詠することになるが、とりわけ延喜十三年（九一三）二月に行われた『亭子院《ていじのいん》歌合』の「桜散る木の下風はさむからで空に知られぬ雪ぞ降りける」の詠は、落花を「空に知られぬ雪」と表現した、その斬新な発想が王朝人の評価するところとなり、貫之の代表作として長く記憶に留められることになったのである。

古今集の編纂

先にも見たように、延喜五年醍醐天皇の命によって、『古今集』は編まれたのだが、このわが国初の勅撰和歌集撰進の事業は、かなり難航した模様で、その最終的な完成は延喜十三、四年ごろまで待たねばならなかったようである。

というのも、四人の撰者たちは、ただ単に諸書から優れた歌を集めてくるというだけでは満足せず、集それ自体に一個の秩序だった体系を与え、そうすることによって、それを構成している一首一首の歌の価値とはまた別に、全体を一つの統一的な作品とする大きな文芸的価値を、そこに見出そうとしていたからである。

そのために、彼らは詞書《ことばがき》（前書きの文章）の書式を整えたり、作者名の表記法を統一するのに苦心したのはもちろんのこと、とりわけ一千余首の歌を、それぞれが詠まれたテーマにしたがって分類・配列するのに、大変な神経を使ったのである。

たとえば、巻一から六に収められた四季の部では、立春に始まって歳暮に至るまで、その間折々の景物（残雪・鶯・春野・柳・帰雁・梅・桜・藤…落葉・秋田・雪など）を詠み込んだ三百四十首余りの歌が、季節の推移にしたがって整然と並べられているのである。また、巻十一から十五を形成する恋の部では、いまだ見ぬ人を恋い慕う初恋の歌から失恋の悲しみを述べた歌まで、恋愛の種々相がその進行状態に沿って展開されるなど、その配列の複雑にして巧妙なこと、まことに驚嘆するばかりで、古今撰者によって創始されたこの配列法は、以後あらゆる歌集の規範にまでなったのである。

が、こうした『古今集』の成功も、ひとえに貫之の力によるところが大きかったというべきであろう。そのことは、彼の筆になる『古今集』の仮名序に示された卓抜な理論や、後年彼が編むことになった『新撰和歌』四巻に見る細緻な構成法とに照らし合わせてみても、明らかなことである。

ちなみに、貫之の歌は『古今集』に百首近く入っており、これは集中第一位の歌数を誇るものである。

仮名序の執筆

やまとうたは、人の心を種として、万《よろづ》の言の葉とぞなれりける。世の中にある人、ことわざ繁きものなれば、心に思ふことを、見るもの聞くものにつけて、いひ出《いだ》せるなり。花に鳴く鶯、水に住む蛙《かはづ》の声を聞けば、生きとし生けるもの、いづれか歌をよまざりける。力をも入れずして天地《あめつち》を動かし、目に見えぬ鬼神《おにがみ》をもあはれと思はせ、男女《をとこをむな》の仲をもやはらげ、猛き武士《もののふ》の心をも慰むるは歌なり。

これは貫之の手になる仮名序の冒頭の一節。和歌は人の心を種としてできるもの、と貫之はいう。すべての出発点は人の心であって、人が心の中で思っていることを、花や鳥に託して表現したのが歌だ、と貫之は宣言する。

このように仮名序では、冒頭から和歌の本質と効用について説いた貫之だが、その他にも、和歌の起源や歴史に言及しており、これが単に一歌集の序文に留まらず、わが国初の本格的な歌論書として、後世高く評価されているのも、けっして理由のないことではない。

屏風歌の制作

寝殿造りと呼ばれる平安貴族の邸宅は一部屋一部屋が広く、そのため几帳《きちょう》や屏風などを配し適当な広さに区切って使用していたが、その屏風には通常四季折々の風景画が描かれ、その絵にふさわしい歌が書き添えられていた。こうした歌を屏風歌という。現存する『貫之集』は、九巻九百余首からなる大規模なものだが、その巻一から巻四までのすべてを、こうした屏風歌が占めている。その数ざっと五百首。屏風歌というのは、その性質上、歌人自ら進んで詠むものではなく、権門貴紳からの依頼があって初めて詠むものだけに、一人の歌人がどれほどの数の屏風歌を詠んだかは、そのまま当該歌人の生前における評価のバロメーターともなるものである。

『貫之集』は、貫之自ら晩年に編んだものだが、このように屏風歌歌人としての実績を前面に押し出しているところに、彼の自負があったといえよう。名歌の誉れ高い「逢坂《あふさか》の関の清水に影見えて今や引くらむ望月《もちづき》の駒」の詠も、また屏風歌として詠まれたものであることを付け加えておこう。

新撰和歌の編纂

延長八年（九三〇）正月、六十歳になった貫之は土佐守に任ぜられたが、赴任直前に醍醐帝より命が下り、再び撰集を編むことになった。だが、下命者の天皇が同年九月に崩御したため、二度目の勅撰撰者という栄誉は水泡に帰し、その撰進作業も一旦は挫折したかに見えたが、任地の土佐で何とか形を整え、帰京後に序文（漢文の）も添えて世に送り出したのが、『新撰和歌』四巻である。

所収歌は「花実相兼《そうけん》」（表現と内容ともに優れた）の「玄之又玄」（奥深い）なる歌ばかり都合三百六十首。しかもすべての歌を、春と秋、夏と冬、賀と哀傷、恋と雑といったように、対偶形式に配するなど、『古今集』の配列法とはまた異なった、きわめて斬新な構成法となっているが、これもたえず新しい方法を模索し、開拓しつづけてきた貫之ならではの営為であったといえよう。いずれにしても、この『新撰和歌』は、貫之晩年の和歌に対する好尚をうかがい知ることのできる資料として、和歌史上無視できないものがある。

土佐日記の執筆

土佐守の任を終え、承平四年（九三四）十二月二十一日に国府を立ち、翌年二月十六日に帰京するまでの船旅を記したのが、『土佐日記』である。

　男もすなる日記といふものを、女もしてみむとてするなり。

あまりにも有名な冒頭の一文だが、男がする日記とは、当時男性貴族が記していた漢文の日記のこと。平安時代は故実先例にうるさい社会であっただけに、男性たちは、後々の参考のために、一日の出来事をこと細かに日記に記していたのである。それを女もしてみようというのだから、この日記の作者は、土佐守一行中のさる女性だということになる。

いったい、貫之はなにゆえにかかる女性仮託を試みたのか。『土佐日記』には亡児哀悼や和歌に関する記事がしばしば登場するが、こうした記事は、漢文ではなかなか表現しづらいものがあろう。そこで貫之は、仮名文で書いてもだれしも抵抗を感じない、女性仮託という大きなカケにうって出たのである。

貫之が女性仮託という体裁で綴ったこの日記は、何よりもまず仮名で記された日記文学の創始として高く評価されてしかるべきものであるが、後に道綱母が『蜻蛉《かげろう》日記』を執筆することができたのも、この『土佐日記』に勇気づけられてのこととみるべきであろう。

後世の評価

貫之が大きな役割を果たして形成された古今歌風は、以後多くの歌人たちによって是とされ、その傾向は、江戸時代の終わりから明治の世にまで隆盛を誇った、香川景樹《かげき》を創始とする桂園派《けいえんは》にまで及んだ。だが、明治も後半に入ると、短歌の革新に燃える正岡子規が「歌よみに与ふる書」の中で、

　貫之は下手《へた》な歌よみにて、古今集はくだらぬ集にこれ有り候。

と断じて以来、その評価は一変し、古典和歌の世界では、完全にその地位を『万葉集』に取って代わられることになってしまったのである。

そうした風潮は、太平洋戦争が終結する頃までつづいたといって、おそらく間違いなかろうが、しかし、戦後もおよそ二十年を経過した頃から、『古今集』に対する再評価の機運が

高まってくると、当然のことながら、それにつれて歌人貫之への人々の理解も、徐々にではあるが深まってきたのである。

過ぐる平成十七年（二〇〇五）は、『古今集』成立千百年という記念すべき年であった。それを祝してさまざまな行事が催されたことは、いまだ人々の記憶に新しいところだが、これを機に、日本の文化に大きな影響を与えた『古今集』を、そして紀貫之という歌人を、われわれは今一度見直してみる必要があるのではなかろうか。

読書案内

『和歌史』　島津忠夫ほか　和泉書院　一九八五
　サブタイトルに「万葉から現代短歌まで」とあるように、和歌の通史だが、貫之の関係としては、「三代集の世界」がある。

○

『古今和歌集』（笠間文庫）　片桐洋一　笠間書院　二〇〇五
　『古今和歌集全評釈』（講談社）という重厚な本の著者による簡潔明快な注釈書。
『古今和歌集』（ちくま学芸文庫）　小町谷照彦　筑摩書房　二〇一〇
　全歌に現代語訳が付されているほか、歌枕や歌語についての説明が詳しい。

○

『土佐日記』（ビギナーズ・クラシック日本の古典）　西山秀人　角川書店　二〇〇七
　古典文学の入門書として書かれたものだが、随所に配されたコラムは楽しく、かつ有益。
『土佐日記・貫之集』（新潮日本古典集成）　木村正中　新潮社　一九八八
　『土佐日記』は解釈のポイントとなる原文の右傍にセピア色で現代語訳が付され、『貫之集』では、頭注に現代語訳を付す。
『貫之集・躬恒集・友則集・忠岑集』（和歌文学大系19）　田中喜美春ほか　明治書院　一九

九七
『古今集』の撰者四人の私家集を収めたもの。『貫之集』の注釈は、『貫之集全釈』（風間書房）の著者でもある田中喜美春が担当。

〇

『紀貫之』（人物叢書）　目崎徳衛　吉川弘文館　一九六一
戦後最初の貫之伝であると同時に、優れた貫之論。
『紀貫之』（日本詩人選7）　大岡信　筑摩書房　一九七一
近代以後、万葉歌人たちに比べ、とかく評価の低かった貫之の再評価をせまった画期的な貫之論。
『宮廷歌人　紀貫之』（日本の作家8）　村瀬敏夫　新典社　一九八七
『紀貫之伝の研究』（桜楓社）という本格的な伝記の著者によるコンパクトな貫之伝。
『紀貫之』（講談社学術文庫）　藤岡忠美　講談社　二〇〇五
もと『王朝の歌人』（集英社）シリーズの一冊として書かれた貫之論を文庫化したもの。
『紀貫之』（ミネルヴァ日本評伝選）　神田龍身　ミネルヴァ書房　二〇〇九
しばらく沈滞気味であった貫之研究に、久しぶりに活を入れた清新な貫之論。

【付録エッセイ】

古今集の新しさ

――言語の自覚的組織化について（抄）

『大岡信著作集』第八巻（青土社　昭和五十二年三月）

大岡　信

紀貫之《きのつらゆき》はいうまでもなく古今集の四撰者の筆頭であり、古今千首中の十分の一はかれの作で占められているほどの重鎮であった。しかし、子規《しき》の「貫之は下手な歌よみにて古今集はくだらぬ集に有之《これあり》候《そうろう》」以来、実作者としての貫之の実力は、どうやら、なまじ高名なだけに一層、低く見られつづけてきたようである。古今集についての精細きわまる評釈を書き、すぐれた概説を書いた窪田空穂も、貫之についてたびたび言及しつつも、かれの作品については全体としてあまり高い評価を与えてはいない。空穂は、古今集の評釈を書いた昭和十年前後には、それでも貫之の歌に対して暖かい眼で対するようになっているが、大正のはじめに書いた「紀貫之の歌論と歌」という小論では、古今集序に見る貫之の歌論のすぐれているのに比して、その作品の拙劣さ、貧しさには呆れるほかないといっている。貫之の歌が感動にもとづいていないこと、冷たく頭の中でこねあげられた、まがいものにすぎない観の強いことが、そういう評価の根拠になっていた。この見方は子規が貫之をくさしたのと同じ性質の見方だったといえる。空穂が貫之の歌に深い理解をもつようになり、子規風の理解の水準をはるかに越えたところで貫之や古今集を論じるようになるのは、それからまだしばらくのちのことである。

貫之の歌は、実際、古今集に採られている歌のあれこれをみても、とりたてて魅力的なものはあまりない。子規は、「思ひかね妹がり行けば冬の夜の川風寒み千鳥啼くなり」(「貫之集」)という一首ばかりは、「趣味ある面白き歌」だといったが、この程度の歌なら万葉集にはざらにあるというべきで、赤人《あかひと》あたりの清々しい風韻にくらべれば、特に推賞するには値しない、いかにも作りものめいた歌だというほかない。実際、この歌は「承平六年春、左衛《さゑ》門督《もんのかみ》の屏風の歌」と詞書にあるように、屏風絵につけて絵を一段と生動させるための、一種の題詠にすぎなかったのであり、そのような事情もあってだろう、下四・五句のつながり具合に実感を欠いている。あまりにおあつらえむき、という感じの取り合せである。

とはいうものの、私は貫之のいくつかの歌を好む。実はそのことを書くつもりで、逆のことからまず書いてきたのだった。

貫之の歌にふれたはじめは、『土左日記』であった。日記のある日の記事に、「暁月夜いともおもしろければ、舟を出して漕ぎゆく」とあって、雲の上も海の底も同じようだという実感に即した観察が語られ、「棹《さを》は穿《うが》つ波の上の月を。船はおそふ海のうちの空を」という唐の詩人賈島の詩句が想起されたのち、次の二首が詠《よ》まれている。

水底《みなそこ》の月の上より漕ぐ舟の棹にさはるは桂なるらし

影見れば波の底なる久方の空漕ぎわたるわれぞわびしき

この二首が、貫之の歌との最初の出会いだったと、私の場合いえる。つまり、この二首、とくに後者によって、私は貫之の歌の面白さにはじめてふれ得た思いがした。理屈の勝った歌であるにはちがいないが、その理屈っぽさを越えて、ある「わびしさ」の息づく空間の広さが私をうった。「久方の」という枕詞が、この場合、時間的・空間的な広がりを暗示するのにまことに巧みな効果をあげている。さらに、古今集などではあまり見られなかった「われ」の意識が、ここでは強く表出されていて、一首に好ましい直接性・実感性を賦与しているのである。その広漠たる感じにおいて、万葉集の人麿歌集の作「天の海に雲の波立ち月の船星の林に漕ぎ隠る見ゆ」（一〇六八）などを連想させつつ、しかも万葉歌にはない細みとでもいうべきものがそなわっている点に惹かれたのである。
しかし、こうした理由以上に私にとっておもしろく思われたのは、水底に空を見るというこの貫之の眼の動きかたであった。この歌が意外なほどの広がりを暗示し得ているなら、それはたぶん、この逆倒的な視野の構成によるところが大きいのだ。貫之は、古今集の中でも、（これはもっとつまらない歌だが）同じような試みをしている。

二つなきものと思ひしを水底《みなそこ》に山の端《は》ならでいづる月影

池に月の映っているのを見ての歌だが、上二句の散文的な説明のために、歌全体が底の浅いものとなっている。しかし、月影をじかに見るのでなく、いわば水底という鏡を媒介としてそれを見るという、この逆倒的な視野構成の方法は、さきほどの歌と同工異曲である。水が空を演じ、空は水の下を歩む。水と空は、たがいにたがいの鏡となる。すなわち、たがいにたがいの譬喩《ひゆ》となる。

おそらく、「詩語」というものが詩人たちによって自覚的に意識されるのは、このような、たがいに映発しあう言葉の発見を通じてであったろう。直接・具体の印象に代って、ある種の「言葉」が、特殊な力を認められたものとして登場する。それは、より古代的な、呪力を帯びていた言葉に代って、人間の地平線に、人間の玄妙な認識能力を証しする新しい創造物として、姿をあらわす。いいかえれば、詩は、魔界あるいは他界からのおとずれのようにではなく、人間の認識の拡大延長の自証としてのように、もう一度見返され、そして多かれ少なかれ専門家的な自負と能力をもった詩人たちによって、前方へ前方へと運ばれてゆく。

私には、貫之は、詩というもののこういう新しい様相についてもっとも敏感だった人のように思われる。かれが古今集の撰者の中心となり、仮名序を書き、もっとも多くの作を集中に収録されるようになったことには、やはり大きな意味があったと思うのである。仮名序の冒頭の有名な数行において、「力をもいれずして天地を動かし、目に見えぬ鬼神をもあはれと思はせ、男女の中をもやはらげ、猛きもののふの心をもなぐさむるは歌なり」と書いたとき、この日本最初の本格的な詩論の筆者は、言葉の力に対するはっきりしたひとつの認識を語っていた。「力をもいれずして」という限定に注意しなくてはなるまい。言葉の小天地が、優にこの大天地と釣り合い、それの根源を揺り動かすことさえできるという思想がそこでは語られている。ありとあらゆる事物の象徴であるところの言葉というものがつくる別天地が、かれにははっきりと認識されていたと思われる。

（以下略）

田中　登（たなか・のぼる）

＊1949年愛知県生。

＊名古屋大学大学院単位修得。

＊現在　関西大学文学部教授。

＊主要著書

『校訂貫之集』（和泉書院）

『古筆切の国文学的研究』（風間書房）

『平成新修古筆資料集』（思文閣出版）

『王朝びとの恋うた』（笠間書院）

『失われた書を求めて』（青簡舎）ほか。

紀《きの》貫《つら》之《ゆき》　　コレクション日本歌人選　005

2011年２月28日　初版第１刷発行

著　者　田中　登

監　修　和歌文学会

装　幀　芦澤　泰偉

発行者　池田つや子

発行所　有限会社　笠間書院

東京都千代田区猿楽町2-2-3［〒101-0064］

電話　03-3295-1331　FAX 03-3294-0996

NDC 分類 911.08

ISBN978-4-305-70605-8 © TANAKA 2011 印刷／製本：シナノ

乱丁・落丁本はお取り替えいたします。　（本文用紙：中性紙使用）

出版目録は上記住所または info@kasamashoin.co.jp まで。

コレクション日本歌人選　第Ⅰ期～第Ⅲ期

第Ⅰ期　20冊　2011年（平23）2月配本開始

1	柿本人麻呂	かきのもとのひとまろ	高松寿夫
2	山上憶良	やまのうえのおくら	辰巳正明
3	小野小町	おののこまち	大塚英子
4	在原業平	ありわらのなりひら	中野方子
5	紀貫之	きのつらゆき	田中登
6	和泉式部	いずみしきぶ	高木和子
7	清少納言	せいしょうなごん	圷美奈子
8	源氏物語の和歌	げんじものがたりのわか	高野晴代
9	相模	さがみ	武田早苗
10	式子内親王	しょくしないしんのう（しきしないしんのう）	平井啓子
11	藤原定家	ふじわらていか（さだいえ）	村尾誠一
12	伏見院	ふしみいん	阿尾あすか
13	兼好法師	けんこうほうし	丸山陽子
14	戦国武将の歌		綿抜豊昭
15	良寛	りょうかん	佐々木隆
16	香川景樹	かがわかげき	岡本聡
17	北原白秋	きたはらはくしゅう	国生雅子
18	斎藤茂吉	さいとうもきち	小倉真理子
19	塚本邦雄	つかもとくにお	島内景二
20	辞世の歌		松村雄二

第Ⅱ期　20冊　2011年（平23）9月配本開始

21	額田王と初期万葉歌人	ぬかたのおおきみ　しょきまんようかじん	梶川信行
22	伊勢	いせ	中島輝賢
23	忠岑と躬恒	みぶのただみね　おおしこうちのみつね	青木太朗
24	紫式部	むらさきしきぶ	植田恭代
25	西行	さいぎょう	橋本美香
26	今様	いまよう	植木朝子
27	飛鳥井雅経と藤原秀能	まさつね　ひでよし	稲葉美樹
28	藤原良経	ふじわらりょうけい（よしつね）	小山順子
29	後鳥羽院	ごとばいん	吉野朋美
30	二条為氏と為世	にじょうためうじ　ためよ	日比野浩信
31	永福門院	えいふくもんいん（ようふくもんいん）	小林守
32	頓阿	とんあ（とんな）	小林大輔
33	松永貞徳と烏丸光広	ていとく　みつひろ	高梨素子
34	細川幽斎	ほそかわゆうさい	加藤弓枝
35	芭蕉	ばしょう	伊藤善隆
36	石川啄木	いしかわたくぼく	河野有時
37	漱石の俳句・漢詩		神山睦美
38	若山牧水	わかやまぼくすい	見尾久美恵
39	与謝野晶子	よさのあきこ	入江春行
40	寺山修司	てらやましゅうじ	葉名尻竜一

第Ⅲ期　20冊　2012年（平24）5月配本開始

41	大伴旅人	おおとものたびと	中嶋真也
42	東歌・防人歌	あずまうた　さきもりか	近藤信義
43	大伴家持	おおとものやかもち	池田三枝子
44	菅原道真	すがわらみちざね	佐藤信一
45	能因法師	のういんほうし	高重久美
46	源俊頼	みなもとしゅんらい（としより）	高野瀬恵子
47	源平の武将歌人		上宇都ゆりほ
48	鴨長明と寂蓮	ちょうめい　じゃくれん	小林一彦
49	俊成卿女と宮内卿	しゅんぜいきょうじょ　くないきょう	近藤香
50	源実朝	みなもとさねとも	三木麻子
51	藤原為家	ふじわらためいえ	佐藤恒雄
52	京極為兼	きょうごくためかね	石澤一志
53	正徹と心敬	しょうてつ　しんけい	伊藤伸江
54	三条西実隆	さんじょうにしさねたか	豊田恵子
55	おもろさうし		島村幸一
56	木下長嘯子	きのしたちょうしょうし	大内瑞恵
57	本居宣長	もとおりのりなが	山下久夫
58	正岡子規	まさおかしき	矢羽勝幸
59	僧侶の歌	そうりょのうた	小池一行
60	アイヌ叙事詩ユーカラ		篠原昌彦

『コレクション日本歌人選』編集委員（和歌文学会）
松村雄二（代表）・田中　登・稲田利徳・小池一行・長崎　健